金欠病《きんけつびょう》

神谷姫仔

三恵社

目次

白い太陽

＊

まだまだ夏のような日差しの九月、私は北九州の地に足をついた。ここでどのような生活が待っているのか、その時の私には想像もつかなかった。

白い太陽を見ることも・・・・

私が最初に連れて行かれたのは、精神科の診察室だった。診察室の扉が開かれた。殺風景な部屋だった。

私は軽く一礼をして中に入った。

「そこの椅子の前に立って、称呼番号と名前を言って下さい。」

私を連れてきた看護師が、とても愛想よく言った。

「六五五番、神崎幸江《かんざきさちえ》です。」

私が言い終わって立っていると、座るように促された。

前には事務机が三個並んでいた。若いもじゃもじゃ頭の医師と、その隣には髪の毛の薄い、蛇が蛙を見るような眼をした年配の医師、そして、パソコンを打つ準備をしている看護師がいた。

私が座っている横には、少し離れて長椅子がこちらを向いて置かれていた。そこには二人の看護師が、メモをとる用意をして座っていた。

「どうしてここに来たかわかりますか？」

若い医師がロボットのような口調で聞いた。

「体重が減ったからですか？」

私は、そっけなく答えた。

「摂食障害と承っていますが・・・」

「・・・・・」

私は若い医師の顔を見るが、また目を伏せて何も答えなかった。摂食障害という病気がどういうものなのか、よくわからなかったからだ。

「摂食障害ってなんですか？　わかりませんけど。」

「食事は食べられますか？」

「あまり・・・。山盛りのご飯を見ると食べる気がなくなるんです。」

「どれくらいなら食べられますか？」

「半分くらいなら。」

「では、食事は半分で提供します。必ず全食して下さい。」

看護師が医師に何か耳打ちした。

「今日はこれで終わります。休養ですね。」

若い医師は、年配の医師の顔を見て、確認をするかの様に言った。

「はい、立って下さい。一礼して扉の方へ行って下さい。」

私を連れてきた看護師は、相変わらず愛想がいい。

「ありがとうございました。」

一礼をして診察室を出た。

私は、若い医師を『もじゃ』、年配の医師を『そよそよ』と、あだ名をつけた。

若い医師は髪の毛がもじゃもじゃだから『もじゃ』、年配の医師はそよそよした風でもなびく髪の毛しかないから『そよそよ』。

ちょっと可愛すぎたかなと思ったが、まあいいや・・・で、決まってしまった。

　診察を終えた私は、新入調室に戻った。これからのここでの生活で、必要なものとそうでないものを分けるためである。ほとんどのものは領置されてしまい、私の手元には持たせてもらえない。

「あの、なぜ本はダメなんですか？」

「ドクターの指示です。本は読めません。」

担当の職員はそっけなく答え、領置するものを箱に詰め込んだ。

「昨日まで普通に持っていたのに、なぜ今日からはダメなんですか！」

「だからドクターの指示です。あなたは休養なんです。必要の無いものは所持出来ません。」

　（こいつ、なんでこんなに事務的なんだよ、イライラする）

ここでの仕分けが三時間かかった。

（腹減ったなぁ、もう疲れたし）
昼食の時間になったので、とりあえず居室に案内された。
「あなたの居室です。五収容棟一階五室です。入って下さい。」
そこは、三畳の部屋だった。奥にトイレと洗面台がある。
（せま！）
すぐに食事が運ばれてきた。
（何これ、少ない。そうだった、『もじゃ』が半分って言ってたっけ。
こんなの一口だし・・・
お腹すいているのにこれじゃ足りない。
なんでこんな所に来ちゃったんだろう）

＊

それからの私の毎日は、地獄のようだった。休養だから・・・を、理由に何もかも行動を制限された。

私の収容棟の担当職員は、私より少し歳が上だろう。他の人たちを、いつも大きな声で怒鳴っている。

（なんで、そこまで言わないと気がすまないんだろう）

私は、担当職員に『機関銃』というあだ名をつけた。だって、機関銃のように毎日毎日怒鳴っているんですもの。

私はドクターから、休養と指示を受けていた。食事以外は寝ていること。寝返りさえも許されなかった。床に落ちている髪の毛を拾って、ゴミ箱に捨てようとしたその瞬間に、『機関銃』の声がした。

「ね、あなた何をしているんですか？ 休養でしょ！ゴミなんか拾わなくてもいいんです。掃除は介助係がちゃんとやります。あなたは寝ていなさい。体重がまた減ったらどうするんですか？ 少しでも制限を解除してもらわないと、私が大変なんですから。わかりましたか？」

『機関銃』はそう言うと、私の居室の前から立ち去った。

と、思うとすぐに戻って来て、

「必死になりなさいよ！もっと必死に。なぜ自分がここに来たのか、もっと真剣に考えなさい。いいですか！」

そう言って立ち去った。

が、また戻って来て、

「あなた、痩せているのが綺麗だと思っているんですよね。でもね、今のあなたは見苦しいですよ。とても見苦しい。そんなガリガリの身体が綺麗だと思っているんですか？ え？

思っているんですか？

思っているんですか？ ？

思っているんですか？ ？ ？」

同じ言葉を何回も何回も言う。いつもそうだ。他の人を注意する時も同じである。

（こいつ、やっぱり機関銃だ）

私は布団の中で、笑いを堪えるのに必死だった。笑っているのが見つかれば、今度は何を言われるかわからない。笑い声が出そうになると、私はわざと咳をして笑い声を誤魔化した。

*

毎朝、体重測定がある。しかし、体重は教えてもらえない。今日も職員に連れられて、体重測定に来た。

「なぜ体重を教えてもらえないんですか？　知りたいです。」

私は、今日の体重測定の係の看護師に聞いた。

「ドクターの指示です。教えられません。」

今日の看護師は、とても冷たい話し方をする人だった。

「ドクターってそんなに偉い人なんですか？　なぜ全部、ドクターの指示で動いているんですか？」

「ここでは、ドクターが一番の発言権を持っているんです。それにあなたは治療中です。ドクターの指示に従って下さい。」

私は、理不尽な気持ちが抑えきれない。

「私は摂食障害じゃありません。なぜ、それをわかってもらえないんですか?」

私は一生懸命訴えた。この看護師に言っても無駄なのはわかっていた。それでも、言わなければ気がすまなかった。

「あなたは摂食障害です。ドクターがそう判断しました。」


(おい!こいつなんでこんなに冷たいんだ。

こんな所にいたら、どんどん頭がおかしくなっていく。

あいつらに本当の病気にされてしまう・・・)

体重が増えないと何もさせてもらえないと、私は思った。

(そうだ、水を飲んで体重を増やそう!)

次の日から、体重測定に行く前に、大量の水を飲んだ。これで体重が増えたと思われれば、普通の生活に戻れる。私はそう思った。制限も解除してもらえるだろうと、少し気持ちが明るくなった。

＊

二日後、ドクターの回診があった。

「神崎さん、あなたは前の施設の時から、水をたくさん飲んでいたのですか？」

「飲んでいないです。」

「ここへ来た時の体重と、今の体重があまりにも違うのですが・・・」

『そよそよ』が冷たい眼をして言った。

「いっぱい食べているから増えたんじゃないですか？」

私は、精一杯の嫌味を込めて言い返した。『そよそよ』は黙って何も言わなくなった。しばらくすると、小さな声で言った。

「水禁ですね。水を止めます。あとは担当職員の指示に従って下さい。」

（水禁って何？ ほんと『そよそよ』は嫌いだ。どうしても好きになれない）

水禁とは、私が生活をする居室の水を、全て止められることである。居室の外の壁に水を止めるスイッチが付けてある。各居室ごとに水が止められるようになっている。

私のように水を飲んで、体重測定の時だけ体重を増やそうとする人がいる。他には、全食指示が出ている人が、食べたくなくて残した食事をトイレに流したり、一度食べた食事をトイレで吐く人もいる。それをさせないために、水禁という制度がある。トイレを流すとき、手を洗う時など、水が使いたい時は，その都度、担当職員を呼ばなければならない。とても不便な生活が始まってしまった。

治療のためにここに来た人は、ほとんど何もさせてもらえない。ましてや休養ともなると毎日毎日、ただただ寝ているだけだった。

後から分かったことだが、まだ水禁ですんでよかった。ポータブルトイレを使わされる人もいる。食べては吐き、食べては吐く。摂食障害の典型的な姿だ。

食べたい、でも太りたくない。

食べても吐けば吸収されないから太らない。そう思うらしい。長年、摂食障害を患っている人は、前歯の無い人がたくさんいる。指にも吐きだこが出来ている。指をのどに突っ込んで吐く。唾液で歯が溶けてしまうらしい。それをさせないために、ポータブルトイレを置かれ、吐いていないか確認される。

もし吐いたりしたら・・・・
もし食事を食べなかったら・・・・
どうなるのか・・・・

エンシュアという栄養剤を飲まされる。

それも拒否すると・・・・

手足をベッドに縛られて、鼻からチューブを入れられ、胃に直接エンシュアを注入される。〈鼻注〉といって、みんな嫌がる。

（そうはなりたくない・・・）

仕方がないので私は食べた。とにかく食べた。早く普通の生活をさせてもらいたい一心で食べた。好きな本も読ませてもらえない、お風呂も入れない、一日中寝ている生活から早く抜け出したかった。

（私は病気なんかじゃない。なんでこんな所に連れて来られちゃったんだろ。マジでイラつくし、

あのハゲじじい、ホント嫌い）

前の施設とは、一八〇度違う生活に私は疲れ果てていた。こころも身体も疲れてしまった。でも、逃げ出すことは出来ない。ここで頑張るしかないんだと、自分に言い聞かせた。

とにかく、水禁が辛かった。報知器を押して職員を呼んでも、すぐに来てくれないことが多かった。忙しくて、嫌な顔をする職員もいた。忘れられたこともあった。そんな生活に疲れてしまっていた。

＊

ここでの生活が始まり三ヶ月が経った。私は相変わらず寝ている。職員が十五分おきに見回りに来る。目を盗んで寝返りをしようとするが出来ない。いつ来るか分からない。見つかれば、また機関銃のように怒られる。最近は反抗する気も無くなってきた。居室にある小さな窓から、空が見える。

（雲になりたいなぁ。あんなふうに自由になりたい）

そんなことを思いながら、私は毎日空を眺めていた。

そんなある日、隣の収容棟から叫び声が聞こえてきた。

「おーい、聞いてんのかよぉ。私はお風呂に入りたいんだって。なんで意地悪するの？ このくそババア、聞いてんのか！」

新しい人が入ると、大抵叫び声が聞こえる。隣の収容棟は、四収容棟といって私のいる収容棟より、病状の悪い？ ？ とドクターが判断した人が収容される。あくまで、ドクターの判断で決められる。

（こんな所に連れて来られたら、普通の人だって
　おかしくなっちゃうだろうに）

叫び声が聞こえる度に、毎回私はそう思った。

（なにが治療だ。私たちは『そよそよ』のモルモットだろうが・・・）

『そよそよ』は、とても偉いドクターらしい。『機関銃』が言っていた。

「あなたたち、感謝しなさいよ。ドクターはとても偉い先生なんですよ。診てもらいたくてもなかなか診てもらえない先生なんです。そんなすごい先生に、診察してもらえて、ありがたいと思わなければいけませんよ。いいですか？ それも、

ただで診てもらっているんですから。」

（ただで？？？ そうじゃないだろ、税金だろ）

隣の収容棟からの叫び声は、一日中続いた。しかし次に日には、静かになった。

（観察室に連れて行かれたんだろうなぁ。かわいそうに。

きっと薬漬けにされるだろうなぁ・・・）

観察室とは、どこからでも見えるように、四方に窓がついている居室である。常に看護師が監視をしている。中にはベッド以外は何もない。食事はきちんと運ばれてくる。しかし、そんなところに入れられたら、誰も食べられなくなる。

（はぁぁぁ、いつまで続くんだろ、こんな生活。

早く作業させてよ。一日が長くて仕方がない。

水禁も辛いし、お風呂も入りたい）

入浴は禁止である。そのかわりに週に二回、清拭は出来る。シャンプーは週に一回、ドライシャンプーをしてくれる。それでもスッキリはする。

私は、地獄だと思った。ここは地獄だ。周りの人間が悪魔に見えた。前にいた施設がどれだけ天国だったか、改めて思った。

＊

年が明けた。新年をこんなところで迎えるなんて、とても悲しかった。変わりばえのない生活は続いている。十五分おきの職員の見回りも、気にならなくなった。色々な職員がいる。それを観察するのも面白かった。通り過ぎたかと思えば、またすぐに戻ってきて中を覗く職員。壁に張り付いて中をずっと監視する職員。そういう職員を、私たちは『忍者』と呼んだ。

職員がそんなことをしなければならないほど、私たちは職員の目を盗んで悪いことをするのだ。

なぜ？……

それは、あまりにも馬鹿らしい規則にイライラするからだ。それなりの理由があって規則が出来ているのだと思う。しかし、そんな理由は私たちにはわからない。わかりたくもなかった。

例えば、食べこぼしをして服を汚してしまった時、勝手には洗えない。いちいち職員を呼んで、洗いたい所を見せる。なぜ汚れたかを説明し、洗剤を使ってもいいか許可をもらう。洗い終わったら、また職員を呼んで洗った所を見てもらう。等々・・・。

あげればキリがない。大人しく規則を守っていれば何も言われることはない。それはわかっている。わかっているけれど、時々反抗したくなる。多分、刺激が欲しくなるのだろう。

診察のある日は憂鬱だった。『そよそよ』に色々と聞かれるからだ。今までのこと、今のこと、毎日何を考えてここで生活しているのか。等々・・・

正直言って私は何も考えていない。今の生活が嫌なだけだ。どうしたら制限を解除してもらえるか、そんなことしか考えていなかった。病状が良くなったとドクターが判断しないと、制限は解除してもらえない。私が今出来ないこととは、

水を自由に使うこと
テレビを見ること
本を読むこと
運動
入浴
そして、作業

ほとんど全部の制限だ。これを一つずつ解除してもらって、全部出来るようになるには、どれだけの月日がかかるのだろうと思った。普通の生活に戻れるのは、いつになるのか考えると鼻血が出そうになった。

私が毎日寝ながら見えるのは、居室の小さな窓から見える空だけだった。天気のいい日は太陽が見える。

私は太陽をずっと見続けた。瞬きもせずに見続けた。目が痛い。涙が溢れた。自分をいじめるのは何の抵抗もなかった。毎日寝ているだけの私は、太陽を見るしかない。涙を流しながら太陽を見た。

太陽って白いんだ

太陽の絵を描く時、ほとんどの人は黄色で描くだろう。私もそうだ。しかし、よく見ると太陽は白かった。私は毎日太陽を見続けた。目が潰れてもいい、私は白い太陽が見たかった。目が痛い。それでも見続けた。私は自分をいじめたかった。リストカットの癖のある私にとって、自分をいじめることには、何の抵抗も無かった。

俺って白いだろ？ 綺麗だろ？

太陽が私に話しかけているかのように思えた。とても楽しそうに、ニコニコしながら、とても優しく、とてもあたたかく、私に話しかけてきた。私は白い太陽を見るのが楽しみになっていた。天気の悪い日は、とても寂しかった。どんなに目が痛くても、涙を流しながら太陽を見続けた。白い太陽を。

私の目から流れる涙は、血の涙だった。

＊

三月になって、外の世界は陽気になってきた。今日は診察日だ。

(あ~、嫌だ。今日は何を聞かれるんだろ)

看護師が迎えに来た。私が嫌そうな顔をしていたのだろう。

「大丈夫? 元気出してね。」

看護師の優しい言葉に、涙が出そうになった。

診察室に入り、称呼番号と名前を言って椅子に座った。

「何かありますか?」

『そよそよ』の診察は、いつもその言葉から始まる。

(何もないし・・・)

私は、とりあえず何か聞こうと思った。

「あの～、私はいつになったら作業が出来ますか？」

私は恐る恐る聞いた。

「なぜ作業をしたいのですか？」

　（なぜって聞かれても困るし・・・）

『そよそよ』は、全てのことに、なぜ？　なぜ？　と聞く。それに答えなければならない。私はいつも、適当にもっともらしい事を言う。しかし、そんな口からのでまかせは『そよそよ』は嘘だとわかっているに違いないと、思っていた。私は、私という存在を認めて欲しかった。私だってみんなと同じように、何でも出来る、私は病気なんかじゃない。それをわかって欲しかった。

　私は、診察でこころが開けない。だから嘘ばかり言って、上辺を繕うから何も解除にならない。自分で自分にイライラした。何をどうしていいのか、わからなくなっていた。モヤモヤしたまま、診察を終えた。

　居室に戻った私は、自分の気持ちをどこに持っていっていいのか、わからなかった。

（リストカットしたい！）

でも出来ない。刃物が無いからだ。そんな中、私が思いついたことは、

自分の手の皮膚を噛み切ること

だった。こころが痛くなって耐えきれなくなると、身体に痛みを与えたくなる。身体に痛みを与えることで、こころが楽になるからだ。だから身体を傷つけることを考えてしまう。

毎日眠れない。眠れないから、色々考えてしまい苦しい。苦しいから手を噛む。皮膚を噛み切るとスッキリする。それを毎日繰り返した。もちろん見えない所を噛む。職員に見つかれば大変なことになる。髪の毛を一本抜いただけでもダメである。自分の身体を傷つけたことになるから、罰がくる。

自傷行為

遵守事項違反になるのだ。懲罰の対象になる。それでも私は、自分が壊れたくな

いから、職員の目を盗んで手を噛んだ。

リストカットをする人間にも、種類があるらしい。

小さい傷をいっぱいつける人、質よりも量。

大きくバッサリ傷をつける人、量よりも質。

私は後者だった。自分の気持ちが、こころについていけなくなると、無性に切りたくなる。切らないと気がすまなくなる。

切りたい。

切りたい。

切りた～い！

もうここまでいったら、カミソリを持っている。切ってしまうとスッキリする。達成感みたいな感覚である。一種の性的感覚と似ているような気がする。しかし、私はいつも後悔する。

（やっぱり私は病気だ。普通の人は切らないし・・・

なんで切ってしまうんだろう）

「何をしているんですか？」

突然、職員の声が飛んできた。布団にもぐってモソモソしていたからだ。私は渋々顔を出して職員を見た。

（わぁ、嫌なヤツだ。最悪・・・）

大嫌いな職員だった。私が『トラ』というあだ名をつけた職員だ。以前に居室の前にある廊下に、職員たちがトラテープを貼っていた時、大きな声で指示を出していたのがこの職員だった。その声にイライラして、そのあだ名をつけた。

「いつも言っていますよね！布団にもぐってはいけないって。」

私は黙っていた。

「聞いていますか？　返事は？」

「・・・・・」

「返事は？」

「はい。」

私は無愛想に言った。

「じゃあ、ちゃんと守ること。布団の中にもぐることは禁止されています。今度もぐったら調査に回します。いいですね。」

私は『トラ』に、よく注意を受ける。いつも反抗的な態度をとるからである。どんな理不尽なことがあっても、ここでは職員に、絶対に従わなければならなかった。自分の思うような生活が、出来ないことに対しての不満が爆発しそうになることがよくある。それでも耐えるしかなかった。

＊

四月になり、周りの空気が暖かく感じるようになった。ここへ来てから七ヶ月が過ぎた。私の生活にも変化があった。診察以外は、寝ている生活から、半日は居室の中で作業が出来るようになった。新聞紙を折って、袋を作る作業だった。

私は嬉しくてたまらなかった。一生懸命、作業をした。

一ヶ月ほどすると、作業時間も長くなり、作業室へ行って一日作業をするようになった。一室六人で作業をする。紙を折って、のり付けをして袋を作る作業だ。作業は全然苦痛ではなかった。一日三十分、外へ出て運動も出来るようになった。嫌だったのは、休憩時間にみんなと話さなければならないことだった。

（あ〜、なんか面倒くさいなぁ）

自分の病気のこと、家族のこと、住んでいる場所など、言ってはいけないことがたくさんあった。職員はみんなの会話を聞いている。

（監視するくらいなら、こんな時間なんて作らなければいいのに・・・）

私はいつも、そう思っていた。

作業中は、交談禁止である。少しでも話をすると、職員が飛んできた。話していた内容を問い詰められる。食事もみんなと一緒にしなければならない。摂食障害の人間ばかりが一緒に食事をすると、とても異様な雰囲気になる。食べたいのに、食べたくない人ばかりだ。自分の食事と、周りの人の食事を必ず見比べる。同じメニューなのに、量や大きさが気になって仕方がない。食べたくないのに、人より多いもの、大きいものが欲しい。自分の食事が少なかったり、小さかったりすると、机の下で足の蹴り合いが始まる。もちろん職員の目を盗んでやる。食事中も交談禁止なので、食べながら、目で人を攻撃する。

そういうことをされても、職員に相談は出来ない。一度でもそんなことをしたら、〈ちんころ野郎〉と言われ続けるのである。

（強くなるしかない。強くならなければ

ここでは生きていけない・・・）

私はそう思った。強くなるということは、ケンカにではない。全てのことにおいて、自分がみんなより優れること。私は努力した。

ここでの生活のリズムも身についてきた。診察もそれほど嫌ではなくなった。人と接する煩《わずら》わしさはあったが、作業は楽しかった。一生懸命、作業をした。丁寧で正確な作業を心掛けた。制限されていたものも、徐々に解除されていった。今では、本も読めるようになった。入浴もさせてもらえるようになった。ここへ来た時の私とは、別人のように体重も増えてきた。

六人部屋での作業から、大きな部屋での作業に変わった。そこは、二〇人ほどの人数で作業をしていた。人数が多くなればなるほど、人間関係が大変になる。自分と合う人とだけ話をするようにした。

その作業室は、私のように治療で来た人、つまり称呼番号が六〇〇番代の人と、そうでない人、八〇〇番代の人が混ざっていた。私は、特にいじめられた事は無かったが、一度嫌われてしまうと、最後までずっと、いじめられ続ける。そういう人を何人も見て来た。

大きい作業室に移って一ヶ月が過ぎ、私は班長になった。班長といっても、みんなの世話係だ。材料を配ったり、出来上がった製品を集めたりといった作業だった。立っての作業になり、体を動かせることが嬉しかった。

＊

北九州での生活も、すでに一年以上になっていた。また私には大きな変化があった。今まで単独室での生活だったが、共同室に移ることになった。私は嫌で仕方がなかった。どんな人たちと、同じ居室になるのか不安だった。同じ六〇〇番代の人が集まることはわかっていた。

共同室に集まったのは三人だった。私の大嫌いな人がいたのだ。目の前が真っ暗になった。

(この人と毎日一緒に生活するのか・・・。最悪だぁ)

担当の職員に相談してみた。しかし、解決はしなかった。なぜなら、私たち三人を共同室にすることを決めたのは、『そよそよ』だったからだ。摂食障害の三人を同じ居室で生活させたら、面白いと思ったのだろう。治療で来た人間が、共同室になることはないと聞いていた。今回、初めての試みだったようだ。

(私たちは、『そよそよ』のモルモットだ・・・)

『そよそよ』は、この施設以外にも、病院を持っている。外の病院に来る患者は、嫌だと思えば、いつでも病院を変えることが出来る。しかし、ここの施設に入っている人間は、逃げることは出来ない。例え嫌なことでも、強制的にやらされる。やらなければならないのである。

次の診察の日が来た。私は思い切って『そよそよ』に言ってみた。

「先生、私は森下さんが嫌いです。どうしても好きになれません。単独室に戻していただけませんか？」

「なぜ、嫌いなのですか？」

（くると思った。絶対、なぜ？って聞くんだから）

「理由は特にありません。一緒にいるとイライラするんです。森下さんの言うこと、すること、全てに腹が立つんです。」

『そよそよ』は、少し黙っていた。カルテに目を落としていた。暫くすると私の顔を見て言った。

「だから、共同室にしたのです。あなたたち三人の行動を見たかったからです。人のしていることを見て、自分と向き合って下さい。」

私の地獄のような日々が始まった。なぜ私は、この人に腹が立つのか考えてみた。どこが嫌なのか、よく考えてみた。どんなに嫌でも、一緒に生活をしなければならない。どこか一つでも許せるところがあるのなら、そこを好きになろうと努力しようと思った。しかし、見つけることが出来なかった。私は森下さんのことを見下している。バカにしている。自分のそんな気持ちに気が付いた。森下さんは何度も何度も、こんな施設に入っている。そのことだけで私は、森下さんを軽蔑していたのだ。自分の高慢さを思い知らされた。

私は、今まで施設に入るまでは、こんなに誰かを嫌いになることはなかった。この中にいると、どんどん自分が嫌な人間になっていくのがわかった。しかし、止められなかった。

私は北九州が三つ目の施設だった。一つ目は岐阜県の笠松、二つ目は山口県の美祢、そして最後にここへ移ってきた。あと少しでここでの生活が終わる。家を出てから六年。長かったといえば長かった。六歳も年をとってしまった。

施設に入る前に住んでいた、愛知県の家はもう無くなっている。生まれ育ったところへ帰りたいが、帰る家も無いし不安もいっぱいある。とりあえず、兄のいる東京へ帰ろうと思った。衣食住の心配のいらない、施設での生活を六年もして来た私にとって、兄が近くにいるといっても、一人で生活をしていくことを考えると、不安で胸が苦しくなった。施設の中にいる時は、早く帰りたいと思った。しかし、いざ帰る日が近づいて来ると不安になる。私は、ここでの最後の手紙を兄に出した。

お兄ちゃんへ

来年の一月五日に帰ります。
東京へ行こうと思います。
お兄ちゃんの近くに住もうと
思っています。
私を知っている人がいる愛知に
帰るのは少し怖いです。
お兄ちゃんには迷惑をかけないように
頑張ります。
住むところが決まったら、また連絡します。

幸江

＊

施設を出る当日の朝、『機関銃』に見送られた。

「今まで辛く当たって、ごめんなさいね。ドクターが最後の最後まで、あなたに試練を与えたのは、もう二度と戻って来て欲しくないという気持ちからだったと思います。私たち職員も、みんな同じ気持ちで接して来ました。神崎さん、あなたなら大丈夫。きっと出来ると思います。元気で頑張って下さいね。」

「お世話になりました。」

私は、涙をこらえて、深く深く頭を下げた。

こうして私は、新年が明けた一月五日、北九州の施設を後にした。

金欠病

プロローグ

「もしもし、幸江《さちえ》だけどお兄ちゃん？　ごめんけど、お金借して下さい。」

「男か？」

「うん。」

「お前、また騙されてないか？」

「大丈夫よ。」

「また白い太陽を見るようなことをするなよ。」

「わかってるよ。」

「いくらだ。」

「三十万円。」

「わかった。用意しておくから、取りに来い。」

「ありがとうね、お兄ちゃん。ごめんね。で、その時に頼みたいことがあるの。」

幸江は電話を切った後、涙が溢れて止まらなかった。

＊

今日も平川慎介《ひらかわしんすけ》は、いつもの店にいた。仕事が終わると、毎日パチンコ店に通っている。長野市のパソコンのデータ管理をする会社に勤めている。三十八歳。一ヶ月前、出張で東京の本社に来た。出張といっても、都会での生活は初めてなので、大いに満喫している。楽しくて仕方がない。東京に来てすぐに、パチンコで三十万円儲けた。欲しかったブランドの小物を買い、飲み歩き、都会の女と遊びまわっていた。しかし、そんな生活をしていたら、三十万円なんてすぐに無くなってしまう。パチンコも最近は、全然勝てない。慎介は、パチンコやりたさに会社のお金に手をつけてしまった。

（勝てばいいんだろ。ちょっと借りるだけだ。すぐ返せる）

慎介はそう思っていた。しかし、ついていない時は、とことんついていない。幸運の女神に、見放された感じだ。

明日は、会社の締日だった。お客さんから集金したお金を、会社に入金しなければいけなかった。個人のお客さんもいるため、現金で集金することもよくあった。勝てるはずのパチンコも、最近は全く勝てない。会社のお金も、もうすでに十万円は使い込んでいる。とにかくお金が必要だった。慎介は仕方なく、幸江に電話をすることにした。

（さっちゃん、東京にいるって言ったら、すぐに押しかけてくるだろうな。せっかく東京で楽しく遊んでいるのに、なんとなくウザいな。

ま、でも仕方ない。金のためだ）

慎介は、渋々幸江に電話をした。

「さっちゃん、怒らないって約束してくれる？」

「な〜に、言ってみて。」

「やっぱ、怒るからやめとこうかな。」

「何よ、気になるじゃん。怒らないから言って！」

「絶対？」

「うん。絶対。」

「あのね、実はさ、オレ今、東京にいるんだ。出張で来てる。」

「え、マジで？ いつから？」

「二ヶ月くらい前から。」

幸江は、ショックで頭が真っ白になった。

「なんで来てるなら、来てるって言ってくれないの！」

「だって言ったら、さっちゃん押しかけてくるでしょ？」

「押しかけるって何？ 私はいつも、しんちゃんに会いたいって言ってるじゃん。」

「ほら、怒ったし・・・」

「怒ったんじゃないよ。悲しかっただけ。」

「だって、さっちゃん、すぐにオレんとこ押しかけてくるもん。」

「会いたいんだもん。普通さ、東京に来ることがわかった時点で、彼女に言うでしょ、会えるの楽しみでさ。しんちゃんは私に会えるのが、嬉しくなかったの？」

慎介は何も答えなかった。幸江が嫌いなわけではない。しかし、慎介はせっかくの東京を一人で楽しく遊んでみたかったのだ。一方、幸江は悲しかった。慎介にとって自分は、どういう存在なのか考えると、涙が止まらなかった。

慎介と幸江は、二年前に知り合った。幸江が紅葉《こうよう》を見ながら、ゆっくり温泉にでも入ろうと思い、十月の信州を訪れた時だった。二週間ほど、一人で気ままな旅をしようと思っていた。泊まる所も、その日の気分で決める、そんな旅だった。

旅館の近くのスナックへ行った時、そこに慎介が来ていた。二人は、同じゲームをしていたため、ゲームの話で意気投合した。幸江は四十六歳、慎介は三十六歳、歳は離れていたがお互い話は合った。楽しく飲んで、カラオケをして、二人は店を出た。幸江が信州にいる間、慎介のアパートで過ごした。慎介が色々なところに連れて行ってくれた。この時から二人の交際は始まった。

長野と東京の遠距離恋愛である。電車で三時間ほどの距離だが、二人にとってはとても遠く感じた。毎日のメールと電話は、日課になっていた。年に三～四回、幸江が旅行がてら長野に行く。それが二人のデートだった。そんな生活を送って二年が経ったころだった。

＊

「さっちゃん、実はさ、オレ会社の金使い込んじゃって、返せれない。もうオレだめだ。死ぬわ。」

「しんちゃん、何バカなこと言ってるの！いくら使い込んだの？」

「三十万円。」

「大金だね・・・。どうしよう。」

「も、いいよ。オレ死ぬから。」

「ん～。明日まで待って。何とかするから。」

幸江は次の日、朝から銀行を回り、貯金をかき集めて三十万円を用意した。その足で慎介との待ち合わせ場所に向かった。

「しんちゃん、またパチンコでもしたんでしょ?。ダメよ、自分のお金で遊ばなきゃ。はい、三十万円。貯金かき集めたよ。」

「さっちゃん、ありがとう。助かりました。」

慎介は十万円を会社に入金した。そして、残りのお金でパチンコを打ちに行った。その帰りに、最近気に入って通っている店に寄った。『やきやき屋』という、おいしい鉄板焼きの料理を食べさせてくれる店だ。慎介は毎日、ここで夕食を食べていた。

「慎介くん、おかえり。」

慎介は、いつもの席に座った。

「ママ、今日はお金あるから、いつものにプラス刺身ね。」

「慎介くん、今日はご機嫌ね。パチンコで儲けたの？」

慎介は、人差し指を立てて、横に振った。

「ノー。オレにはさ、金のなる木があるんだ。」

「金のなる木？　私も欲しいな。」

「オレのこと大好きなおばさんがいるのね。ま、本人はオレのこと彼氏だと思っているみたいなんだけどね。オレが、金ないよ〜って泣くと金くれるの。都合のいい女でしょ。」

慎介は、自慢げに話した。

「おばさんなんて、失礼じゃないの？　いくつなの？」

「四十八かな。オレより十こも上。」

「やだ、私より若いじゃない。じゃ、私は慎介くんから見たら、おばあちゃんね。」

「ママは、若く見えるし綺麗だから、最高よ。おねえさんでいける。」

「もう、慎介くんたら口が上手いわね。はい、これサービス。でも、彼女は慎介くんのこと大好きなんでしょ。大事にしてあげなきゃ。」

「や、オレの若い体が欲しいだけでしょ、ママと一緒で。」

慎介が、いやらしい目つきでママを見た。

「私は、違うわよ。」

「じゃ、今夜試してみる？」


この店のママである清美は、五十三歳。慎介とは十五歳違う。細身で背が高い。歳よりは、はるかに若く見える。清美は慎介が大のお気に入りだ。話も上手いし、よく食べて、よく飲む。一緒にいて楽しかった。しかし、二人の関係は、ママと客というだけではなかった。清美は、店が終わると毎日のように、慎介のアパートへ行っていた。清美の店からは、歩いて十分もかからない。朝、慎介を仕事に送り出すと、掃除、洗濯をして家に帰った。


「慎介くん、今日は十二時くらいに行けると思う。」

「いいよ。あ、そうそう、オレさ、そろそろ出張終わるから、荷物の片付けとかあるのね。会社の人も出入りするから、明日の朝帰る時、玄関のポストに鍵を返して行ってね。言い忘れるといけないから、今言っておくね。」

「そうなのね、寂しくなるわね。」

慎介は東京へ来て、自分の世話をしてくれる新しい女が出来て、楽しくて仕方がなかった。だから、幸江に東京にいることを言いたくなかった。しかし、お金をもらうために、幸江に東京にいることを言ってしまった。幸江をアパートに呼ばなければならなくなった以上、他の女を出入りさせるわけにはいかなかった。

慎介は少し酔って、気持ちよかった。酔うと無性に女が欲しくなる。アパートに帰った慎介は、清美が来るのを楽しみに待った。

＊

次の日、慎介は幸江にメールをした。

〈さっちゃん、オレのアパート教えるから、明日の夜七時に池袋の駅に来てくれる？〉

暫くして、幸江からメールが来た。

〈うん。行く、行く〉

慎介のアパートに入った幸江は、なんとなく嫌な感じがした。長野の慎介のアパートには、何度も行ったことがある幸江だったが、なんとなく雰囲気が違う。

「しんちゃんのアパート久しぶりだね。あれ？　牛乳なんて飲むようになったの？　それに、空箱洗ってあるし・・・。」

「あ、うん。最近飲んでるよ。」

「ふ～ん。」

慎介は、ヒヤッとした。

（捨てておけばよかった。しまった・・・）

「ね、ね、今日さ、二人でパチンコ行こう。さっちゃんはオレのとなりで。

あ、それとアパートの鍵ね。」

慎介は話をそらした。これ以上、突っ込まれたくなかったからだ。

近くのパチンコ店に向かった。久しぶりのデートに幸江は幸せだった。パチンコ店の駐車場に着き、店へと向かった。幸江は慎介の腕に掴まった。

「ちょっと、離れて！オレさ、手とかつなぐの嫌な人なんだよね。」

「ごめん・・・」

（もう、何でよ！私が前に長野に行った時は、しんちゃんから恋人つなぎしてくれたのに。いつから嫌になったの？）

幸江は悲しくなった。

「さっちゃん、オレ一万円で勝負するよ。」

「一万円で出来るの？」

「だって、それしか無いもん。」

幸江は慎介に三万円渡した。

「一万じゃパチンコ出来ないでしょ。」

一万円でパチンコを楽しめるはずがない、それを幸江が知っていることをわかっていて慎介は、あえて一万円しか持っていないことを幸江に言った。

お金が無くなると慎介は幸江を誘う。幸江もわかっていた。それでも幸江は、慎介と一緒にいられることが、嬉しかった。慎介もそんな幸江の気持ちを、利用していた。

二人で楽しくパチンコをして、その後、夜の街をドライブした。十二月に入った街中はクリスマスのイルミネーションで、夜でも眩しかった。お腹が空いてきたので、二人の大好きなラーメンを食べに行った。久しぶりに見る慎介の顔を、幸江はずっと見ていた。

＊

最近なんとなく冷たくなった慎介に、幸江は気が付いていた。五百万円の定期預金が満期になったので、それを解約して慎介のアパートに向かった。

(しんちゃん、これ見たらビックリするだろうな。
　車が欲しいって言ってたから)

幸江はウキウキしていた。この札束を見た時の、慎介の嬉しそうな顔を想像すると胸がドキドキした。慎介のアパートのチャイムを押した。鍵を持ってはいたが、驚かせようと思いチャイムを押したのだった。返事が無いので、鍵を開けて部屋に入った。が、慎介の姿は無かった。

(しんちゃん、またパチンコかな、待っていよう)

幸江は、散らかっていた服を片付けた。夜中の十二時まで待っていたが慎介は帰らない。電話をするが出ない。いやな胸騒ぎがした。幸江は何度も電話をした。やはり出なかった。

〈事故に遭ってないよなぁ〉

幸江は心配で仕方がなかった。

そのころ慎介は、清美の店にいた。店は十一時に閉め、暖簾は下げてあった。東京の出張も、あと三日で終わる。最後の挨拶と思い、慎介は清美に会いに来た。幸江がアパートの鍵を持っているので、清美をアパートに呼ぶことは出来ない。店を出た二人はホテルに向かった。幸江から何度も着信が来ているのに、気が付いていたが、うるさいので音消しにしていた。

幸江は朝まで慎介のアパートにいた。朝六時ころ、慎介からメールが来た。

〈さっちゃん、オレんちにいるの？〉

幸江は何て答えようか迷った。

〈いないよ〉

そう送ると急いでアパートを出た。慎介のアパートの玄関が見える階段に座った。暫くすると慎介が帰ってきた。幸江は慎介にメールを送った。

〈しんちゃん、今、お家《うち》？〉

〈なんで?〉

〈朝帰りしたよね? どこに行ってたの?〉

〈仕事関係の人のところだよ〉

幸江は震える手で、慎介のアパートの玄関の扉を開けた。

「何で来てるんだよ。」

「しんちゃんに会いたくて昨日の夜来た。でも、しんちゃんいなかった。」

慎介は仕事へ行く仕度をし始めた。幸江は震える体を必死で堪えていた。

「仕事関係の人の家で、朝まで何をしてたの?」

「ゲームだよ、悪い?」

「次の日仕事なのに?」

幸江の声は、震えていた。

「もう、さあ、オレ、さっちゃん重いんだよね。オレの生活圏内にいないでくれるかな。マジでウザいわ。」

「別れるってこと?」

「他に男作りなよ。そうすればオレのことばかり考えないだろ?」

「終わりってこと?」

「一緒にいたくないから、帰ってくれるかな。」

幸江は、もうこれ以上ここにいても悲しいだけだと思った。しかし、このまま家に帰れば、自分が壊れてしまいそうだった。慎介に渡そうと持っていた五百万円を銀行に預けると、慎介のアパートの近くのインターネットカフェに向かった。そこで少し気持ちを落ち着かせようと思った。

(しんちゃん浮気してたのかなぁ、本当に朝まで仕事関係の人とゲームしてたのかなぁ)

慎介の言葉を信じたかった。しかし、慎介の幸江に対する態度が気になっていた。

(もういいや、終わったから・・・)

夜になって、幸江がインターネットカフェを出て駅に向かっている時、慎介からメールが届いた。

〈さっちゃん、どうせまだ近くにいるんだろ。洗濯物が溜まっているから洗濯しに来て〉

幸江はビックリしたが、嬉しくてたまらない。今朝は地獄へ突き落とされた気持ちだった。慎介からのメールに涙が止まらなかった。

慎介のアパートに着いた幸江は、何を話していいかわからなかった。黙々と洗濯をし始めた。

「オレ明日長野に帰るけど、また年が明けて一月に来るからね。どこのアパートになるかわからないけど、また教えるね。」

「うん。じゃ、荷物は全部持って帰らないとね。朝までに洗濯物乾くかなぁ。」

「乾かなかったら、明日帰る前にコインランドリーに行くからいいよ。」

そういって慎介は、お風呂に入った。

幸江が荷物を片付けていると、チャイムがなった。

「しんちゃん、だれか来たよ。」

幸江はインターホンのモニターを見ながら言った。

「静かにして！」

慎介は自分の口に人差し指をあてて、幸江を黙らせた。暫くするとポストに何か入った。玄関のドアに付いているポストは、受けが無いためそのまま下に落ちた。タバコが二個、かわいいキャラクターのついたビニールの袋に入れられていた。外から見える状態で手紙が入っていた。

《私、酔ってたね。タバコ三個買ったのに一個しか渡してなかった。
ちょっと早いけど、プチクリスマスプレゼントです。
きよみ》

幸江はポストに入れられたタバコの袋を慎介に見せた。

「だれ？」

「わからん。」

「は？ わからんって何？ その答えの意味がわからんわ。」

慎介は黙っていた。

「このアパートに、しんちゃんがいるって知ってる人だよね。

ここにも来たことある人だよね。」

慎介は髪の毛を洗っていた。聞こえないはずはないが、返事は返って来ない。これ以上言ってもケンカになるだけだ。幸江は慎介が浮気していたことを確信した。幸江は慎介を信じていた。心配しながらも、こころのどこかでは信じていた。頭の中が真っ白になった。本当は問い詰めてやりたかった。しかし、幸江はしなかった。なぜなら、その瞬間に慎介への愛が冷めていくのがわかったからだ。

次の日、慎介は長野に帰った。大きなキャリーケースを持った慎介の後姿を、駅のホームで見送りながら幸江は考えた。お金にも、女にもだらしがないこの人を、救うことが出来るのだろうかと。

＊

新年が明けて、世間はまだ正月気分が抜けきらないころ、慎介はまた東京へ帰ってきた。相変わらず、パチンコ店通いは止まらない。困ったことが起きると、幸江に電話をする。そんな生活を続けていた。

「さっちゃん、オレまた会社の金使い込んじゃった。頭痛いし、咳も出るよ。

　会社行けないから、休んじゃった。」

慎介は電話口でわざとらしく咳をした。

「いくら使っちゃったの？」

「三十万円。」

幸江は暫く考えていた。

「明日でもいい？　持って行くから。ちゃんと大人しく寝てなきゃダメよ。」

「うん。ごめんね。」

幸江は慎介との電話を切ると、兄に電話をした。


　次の日、幸江は三十万円を持って、慎介のアパートへ行った。慎介は幸江の顔を見ると、いかにも辛そうに咳をした。

「大丈夫？　お金会社に返してね。もう絶対にしたらダメよ。」

「わかってるよ。ありがとうね。」

幸江はテーブルの上にお金の入った封筒を置いた。そして、慎介の顔をじっと見つめて話し始めた。

「あのね、前にしんちゃんが朝帰りした日あるでしょ？　あの時、しんちゃんに渡そうと思って五百万円持って行ったんだよ。定期預金が満期になったからプレゼントしようと思って。でも、しんちゃん朝帰りするし、ケンカになっちゃったから渡せなかった。」

「は〜〜あ〜〜？　何で五百万円持っていること言わなかったの？」

「だって、しんちゃん別れるって言うから、まぁいいやって思って。」

「そのお金まだあるんでしょ？」

「ないよ。しんちゃんにムカついちゃったから、おばあちゃんがお世話になっている介護施設に寄付した。」

「さっちゃんて、本当にバカだね。五百万円も寄付する人なんていないでしょ。よく考えて行動してよ。」

「しんちゃんが悪いじゃん。朝帰りするし、別れるって言うから。」

「や、さっちゃんが五百万円持ってるの知っていたら別れなかったわ。」

「もう、今さら言っても仕方ないじゃん。無いんだもん。しんちゃんはその日、朝まで楽しく遊んで来たんでしょ。ひと晩一緒にいた女との遊び代だと思えばいいじゃん。楽しい思いしたんだから。私を裏切って。」

「さっちゃんが悪いわ。言わないから。」

「私はしんちゃんを驚かせようと思ったの。」

「オレは、そんなサプライズなんか、いらないわ。そのまま、ちょうだいよ。」

「しんちゃんが朝帰りしなかったら、今ごろ五百万円は、しんちゃんのものだったね。残念だったね。」

幸江は、思いっきり嫌味を込めて言った。イライラしてたまらなかった。気持ちを落ち着かせるために、深呼吸をした。慎介は布団にもぐってしまった。

「ね、しんちゃん、頭痛くて咳も出るんでしょ。病気だと思うから、今から病院に行こう。私いい病院知ってるから。」

「いいよ、大丈夫だから。それに金無いし。」

「ダメよ、ひどくなるといけないから。お金は私が払うから。」

幸江は無理矢理、慎介を連れ出して病院へ向かった。

＊

慎介は診察室に呼ばれた。ドクターは慎介の顔をじっと見た。

「今の症状は頭痛と咳でよろしいですか？」

「はい。」

ドクターは、もう一度慎介の顔をじっと見た。

「その他に気になるところは無いですか？」

「特に無いです。彼女に無理矢理に連れて来られて。本当に大丈夫です。」

「ちょっと胸の音を聴きますね。服を上げて下さい。」

看護師が後ろから、トレーナーを持ち上げた。ドクターは聴診器で胸の音を聴いている。後ろ向きにされ、今度は背中に聴診器をあてられた。それが終わると、首を触ったり、口の中を見たりした。パソコンに何か入力している。少しの間、沈黙が続いた。

「あなたの病名は、金欠病ですね。」

ドクターはパソコンの画面を見たまま、小さな声で言った。

「は？　何て言いました？」

今度は、ドクターは慎介の顔をじっと見て言った。

「金欠病です。今日から一週間分の薬を処方します。きちんと指示通りに服用して下さい。守らなければ悪化します。そして、一週間後にまた来て下さい。」

慎介は、自分の耳を疑った。

「金欠病なんて病気があるんですか？　あれって病名なんですか？　どんな薬を飲んだら、金の無いのが治るんですかね。笑っちゃいますけど。おかしすぎるわ。」

慎介は、からかわれているのかと思った。

「とにかく治したいのなら、処方された薬を、必ず指示通りに服用して下さい。

では、また一週間後、様子を診させて下さい。今日は以上です。」

診察室から出てきた慎介は笑いが止まらない。待合室で待っていた幸江の所にニヤニヤしながら行き、周りに聞こえないように小さな声で言った。

「さっちゃん、あの医者、ヤブだよ。オレの病名さ、金欠病だって。」

幸江は黙って慎介の話を聞いていた。

「薬を飲めって。笑っちゃうよな。」

慎介は笑いが止まらない様子だった。幸江の様子がいつもと違うことにも、全く気が付いていていない。幸江は作り笑いをして言った。

「笑っちゃうね。私は今から仕事に行くから、とにかく薬をもらって帰ってね。お金は私が払って行くから。あ、しんちゃん、薬呼ばれたよ。」

幸江は慎介が薬の説明を受けるのを確認して、支払いを終えて病院を出た。涙が出た。慎介への気持ちが、どんどん冷めていくのがわかったからだ。


慎介に処方された薬はこれだった。

「一日三回、毎食後三十分以内に五万円使って下さい。必ず三十分以内に使い切って下さいね。まとめて一度に、一日分とか、七日分とかは使わないで下さい。服用方法を間違えると、あなたの体調が悪くなりますので気をつけて下さい。では、お大事にして下さい。」

「は、はい・・・」

慎介は驚きのあまり声が出ない。処方された薬、いや、お金を急いでポケットに入れて、逃げるように病院を出た。驚きの気持ちは、時間が経つにつれて嬉しさへと変わっていった。慎介は嬉しくてたまらない。顔がニヤけて、どうにもならなかった。

(オレ一日に十五万円も使えるのぉ〜? このポケットの中に
百万円もの金が入ってるんだ。ウソだろぉ〜)

慎介は、上着のポケットを触りながら興奮した。その足でパチンコ店に向かった。

その日の夜、慎介は幸江に電話した。

「さっちゃん、オレに処方された薬、何だと思う?」

「飲み薬？　ぬり薬？　わかんない。」

「金だぞ、金。それも七日分で百万円もくれた。それを持って、パチンコに行ったらぼろ儲け。」

慎介は、まだ興奮から抜け切れていない。

「一応薬だから、使い方の指示とかあったんでしょ？」

「あったよ。毎食後三十分以内に、五万円使えって。一日三回。」

「ちゃんと守ってる？　一度に使ったらダメでしょ。」

「いいよ、そんなこと。もらった金はオレのもんだから、どう使おうとオレの勝手。あ、そうそう、久しぶりに飯でも食べに行く？　オレのおごりで。そんなこと、なかなか無いぞ！アッハッハ。」

慎介が何も考えていないことに、幸江は悲しくなった。

「本当だね、しんちゃんにおごってもらうなんてこと、今まで無かったね。でもごめんね、今日は予定があるから、また誘ってね。」

幸江が慎介の誘いを断ったのは初めてだった。慎介があまりにも浮かれているので心配になった。

（少しは、お金っていうものの大切さを考えてくれたらいいのになぁ。

それに、人から言われたことも真摯に受け止めて、守って欲しい。

しんちゃんの遊び癖治してあげたいけど・・・）

次の日慎介は、頭痛と吐き気に襲われた。フラフラして、立っていることも出来なかった。困った時は、いつも幸江に電話をする。

「さっちゃん、オレ体調悪い。頭痛いし、吐く。フラフラして立てない。」

「しんちゃん、また仮病？もう通じないよ。」

幸江はイタズラっぽく言った。

「違うよ、本当だよ。」

「大丈夫なの？仕事行く途中に寄ろうか？なんか食べやすいもの買って行くよ。」

「うん。でも多分、食べても吐く。」

「しんちゃん、お医者さんの言うこと聞かずに、好き勝手にお金使ったんでしょ？

それで体調悪くなったと思うよ。ちゃんと守らないと。」

「さっちゃんは、いつもうるさいね。」

「好きだから、心配だから言ってるんだよ。」

「オレさ、もう金あるし。さっちゃん、最近ちょっとウザい。ほっといて！」

「しんちゃんが電話して来たじゃん。もう、いい！」


慎介と幸江は、些細なことでよくケンカをする。慎介のなにげない一言に、幸江は傷つくのだ。しかし幸江は、何も無かったかのように、また連絡をしてくる慎介を放っておけなかった。

慎介は次の日から、指示通り、一日三回、毎食後三十分以内に五万円を使った。服を買ったり、女と遊んだり、友達と飲み歩いたりした。体調も良くなってきて慎介は楽しくて仕方がなかった。

＊

一週間後、慎介はウキウキして病院へ行った。ドクターは、慎介の顔を見ることも無く小さな声で言った。

「調子はどうですか?」

「はい、あまりよくなっていないです。」

「どのような症状ですか?」

「金欠病が治らないんです。」

慎介は、自分の言った言葉がおかしくてたまらず、思わず吹き出しそうになった。またお金がもらえると思うと、ニヤけた顔が止まらない。

「わかりました。また一週間分薬を出します。必ず指示通りに服用して下さい。もし、どうしても服用出来ない時は、いつでも来て下さい。何もなければまた一週間後に来て下さい。今日は以上です。」

その日に慎介に処方されたお金は、一日三回、毎食後三十分以内に、十万円を使うことだった。慎介は一生懸命に使った。しかし、五万円を使うのもやっとだった慎介にとって、十万円を使うのは大変だった。

欲しいものはほとんど手に入れた。パチンコも女遊びも飽きてきた。十万円を使い切れなくなった慎介は、頭痛と吐き気に悩まされた。それに下痢まで加わった。耐えきれなくなって幸江に電話した。

「さっちゃん、オレ死にそうだわ。今度は十万円になった。毎日頭痛いし、吐くし、下痢もだよ。」

「お金、ちゃんと使えてる？」

「使えてないから、こんなになってるんだろ？　どうしたらいいか教えてよ。」

「何に使ってた？　自分のために使おうと思ってたでしょ。今度は人のために使ってみたら？　自分のために使えるお金は限られるけど、人のために使う方法は、たくさんあると思うよ。」

「人のため？」

「うん。例えばさ、施設の子供たちに何かプレゼントをしてあげるとか、介護施設の人たちが喜ぶようなイベントを呼んであげるとか、色々あるでしょ。」

「オレそんなこと考えたことも無かったよ。オレがもらった金だよ。なんで人のために使わないといけないの？　自分のために使わなきゃ損でしょ。」

「とにかく、私の言うことをやってみてよ。人に喜ばれることをすると、すごく気持ちいいよ。」

慎介は、渋々幸江の言うことをやることにした。これ以上体調が悪くなると自分が辛いからだ。幸江の協力もあって、なんとか一週間過ぎた。

そのころ慎介は、上司と一緒に行ったスナックで働いていた、マナという女に夢中になっていた。毎日のようにマナの働いている店に通った。夜はそこでお金を使っていた。

＊

次の診察日がやってきた。慎介はお金が欲しくてたまらない。マナの大好きなブランド品を買ってあげたいからだ。診察が終わり、薬が渡されるのを待っていた。今回はいくらもらえるのか考えると、慎介はドキドキした。

「今回の処方は、一日三回、毎食後三十分以内に十五万円使って下さい。但し、今回は少し指示が変わります。一万円ずつ十五人の人に配って下さい。配る人は友達、知り合いはダメです。必ず手渡しして下さい。食後三十分以内に、十五人の人に配って下さい。」

慎介は何を言われているのか、理解するのに時間がかかった。

「配る？ 手渡しする？」

「はい。必ず守って下さい。もし困ったことがあれば、いつでも来て下さい。」

腑に落ちないまま、病院を出た。

（ま、いっか。意味がよくわかんないや。人に配るなんて馬鹿馬鹿しい）

慎介は、マナにブランド品を買って、その後マナの働いている店へ行く。それが日課になって五日が過ぎた。慎介がマナと仲良く手をつないで、ブランド店に入るところを幸江が見てしまった。

（しんちゃん、また女？ 私には手をつなぐの嫌いって言ったのに）

幸江は、すぐに慎介にメールした。

〈しんちゃん、今何してる？ たまにはご飯行こうよ〉

暫くして、慎介から返事が来た。

〈オレ今、忙しいから。またメールする〉

慎介は、今マナに夢中だった。処方されたお金も、ほとんどマナに使っている。指示されたことを無視しているため、体調も悪い。それでもマナと遊びたかった。マナは若くて綺麗だ。慎介が夢中になるのも無理はない。しかし、色々なものを買ってくれる都合のいい男だと思われていることを、慎介は知らない。マナを新しい彼女だと思い込んでいる。

指示を守らずに、お金を使っていた慎介は、とうとう立てなくなってしまった。

困った時だけ幸江に頼る。

「さっちゃん、オレ立てなくなった。めまいがして立っていられない。」

「しんちゃん・・・指示通りお金使ってないのね。今度はどんな指示なの？」

慎介は指示された内容を幸江に話した。

「そっか、じゃ、無理してでも立って、今日からお金配ってよ。私、今から行くから。」

幸江は、慎介のアパートへ着くと、昼食を食べさせた。その後、着替えを手伝って、外へ連れ出した。

「これをやらないと、体調良くならないんだから、頑張って。倒れたらいけないから、近くで見守ってるね。」

慎介は通りすがりの人に、一万円を渡そうとしている。しかし、だれも受け取ってはくれない。ほとんどの人は、慎介を変な人のように見ていく。慎介が強引に渡そうとすると、

「気持ち悪い人ね！警察呼ぶわよ。」

と言われてしまった。初めてお金を受け取ってくれたのは、中学生の男の子だった。その子は嬉しそうな顔をして走って行った。

結局、慎介は三十分の間に一人にしか配れなかった。残りの十四万円を握り締めて小さな声で幸江に話しかけた。

「どうして、みんな金を受け取らないんだ。普通、嬉しいだろ？金くれるんだからさ。みんな、おかしいヤツばかりだ！」

「じゃ、私もおかしいヤツの一人だね。」

慎介は、幸江の顔を見た。

「意味のわからないお金なんて、気持ち悪くてもらえない。簡単に手に入るお金なんて、私は無いと思ってる。簡単に手に入らないお金だから、みんな大切にお金を使うんだよ。」

慎介は、握り締めていたお金を、幸江に投げつけた。その勢いで倒れてしまった。慎介のおでこを触った。すごい熱だった。幸江は急いで兄に電話をして、慎介を連れに来てもらった。

病院に着くと、幸江は院長室に呼ばれた。慎介は点滴をして眠っている。幸江は疲れた慎介の顔を見て、涙が出そうだった。院長室のドアをノックすると、中からドアを開けてくれた。

「幸江、そこへ座りなさい。」

幸江は兄の前に座った。

「慎介くんの治療、もう終わりにしようかね。これ以上続けても無駄だと思うよ。

お金に対する考え方も、女に対する考え方も、自分たちとは少し違うような気がする。理解出来ない所があるからね。」

「うん、私もそう思う。お兄ちゃんごめんね。お金使わせちゃったね。しんちゃんとのことは、もう一度よく考えてみる。ありがとうね。」

お金にだらしがないだけなら、幸江は我慢しようと思った。自分が一生懸命、働けばお金は何とかなると思っていた。しかし、女にだらしがない男は、どうしても我慢ができなかった。

＊

バレンタインの夜、幸江は自分の正直な気持ちを伝えるために、慎介のアパートへ行った。しかし、慎介はいなかった。

（また女か・・・・・）

幸江はもうすでに、慎介のことが全て信じられなくなっていた。慎介との別れを決心してここへ来たのだった。慎介にメールをした。

〈しんちゃん、大事な話があってしんちゃんとこ来たけど、いないね。私ね、豊橋に帰ることにした。なんか東京での生活に疲れちゃった。明日の朝、十一時ごろの新幹線に乗るからね。十時までしんちゃんのアパートで待ってる。もし、私を止めるなら、それまでに帰って来てよ〜。なんちゃって〜〉

慎介はその夜、やけ酒を飲んでいた。病院へ行っても、お金をもらえなくなった。マナに何も買ってあげることが出来なくなった慎介は、マナにフラれた。酔った勢いで、スナックで知り合った女とホテルに行った。幸江のメールに気が付いたのは朝だった。頭がボーっとしていて字がよく見えなかった。

(ん？　さっちゃん？　帰るって、何だ？)

慎介は、幸江からのメールを見て驚いた。近くにいる時はうるさく思っていたが、いざいなくなると思うと寂しくなってきた。急いで服を着てホテルを出た。タクシーを拾いたいが、なかなかつかまらない。

(さっちゃん、いなくなるのはイヤだ。マナもいなくなっちゃったし。
急がなきゃ、十時に間に合わないよ)
慎介は走った。アパートに着いたのは、九時五十分だった。急いで中に入った。
しかし、幸江の姿はなかった。テーブルの上に、白い封筒が置いてあった。
封筒の中には、手紙とキャッシュカードが入っていた。

しんちゃんへ
今までこんな私と付き合ってくれて、ありがとうね。
とても楽しかったよ。
しんちゃんの顔を見ると別れられなくなりそうだから
一本早い新幹線で帰ります。
豊橋の私の実家があった辺りに住む予定です。
私の気持ちが落ち着いたら、またしんちゃんに連絡を
するかもです。何年先になるかわからないけどね。

パチンコばかり、やってたらダメよ。ほどほどにね。
身体に気をつけてね。それと、女にもね(笑)
しんちゃん、大好きだった・・・よ。じゃあね。
あ、それとね。しんちゃんに、渡そうと思って持って
行った五百万円、寄付したなんてウソだよ。
しんちゃんにプレゼントする。感謝の気持ちです。
三年間、ありがとうね。
キャッシュカードの暗証番号は、私の誕生日だよ。
しんちゃん覚えてる？ 覚えてなかったら、お金を
出せないよ〜。大事に使ってね。
鍵はポストに入れていくね。

幸江

慎介は、幸江が自分から離れていく日が来ることなど、考えたことも無かった。

今、何が起こっているのかさえ考えられないほど、慎介はショックだった。

（さっちゃん、止めるなら十時までに来てって、言ったじゃん。

オレ、帰って来たじゃん。急いで帰って来たよ）

慎介は幸江に電話をした。しかし出ない。何度も電話をした。

「さっちゃんって、オレにとって何だったんだろう。いつも自分のことよりも、オレのことばっかかり考えててさ。オレの言動に一喜一憂して、すぐに、泣いたり怒ったりして。でも、いつも笑ってた。さっちゃん、電話に出てよ〜。」

慎介は、声にならない声で独り言を言った。

中学生の時に、突然母親を亡くした慎介にとって、幸江は母親のように無条件で自分を受け入れてくれる、そんな存在だったのかもしれない。何をしても許してくれて、絶対に自分から離れていくことは無いと信じていたのだろう。

その頃、幸江は新幹線の中で、慎介からの着信を胸に抱きしめていた。今まで慎介からの着信を無視したことは、一度も無かった。今出てしまうと、また同じことの繰り返しになってしまう。慎介からの着信を無視することは、幸江にとって死ぬほど辛いことだった。

（これでいい、これで。辛いのは少しの間だけ。すぐに何も感じなくなる。しんちゃんを忘れることは出来ないけど、好きだった気持ちは、月日が経てば忘れられると思う。これ以上しんちゃんと一緒にいると、また白い太陽を見なくてはいけなくなりそうで怖いの。しんちゃん、ごめんね。しんちゃんなら、すぐに彼女出来るよね）

幸江は自らの手で、慎介との三年間の生活の扉を閉めた。

エピローグ

「平川さん、平川慎介さん、大丈夫ですか？」

慎介が目を開けて振り返ると、看護師が立っていた。

「今、先生を呼んで来ますね。」

慎介は、病室のベッドの脚をかかえてしゃがみ込んでいた。

（オレ何してんだろ？）

病室のドアが開いた。そこには清美が立っていた。『やきやき屋』のママだ。

「慎介くん、大丈夫？」

慎介は、なぜ清美がいるのかわからなかった。

「ママ、何？　突然。なぜここがわかったの？」

すると、次にマナが入ってきた。慎介はビックリして、夢では無いかと、自分の頬をつねってみた。

（痛い！　夢じゃないぞ。何が起こっているんだ）

「慎介くん、あなたに買ってもらった物、全部返す。」

マナは、大きな袋に入れて持って来た、たくさんのブランド品を慎介の目の前に放り投げた。清美は何も言わず、ずっと慎介を見ている。慎介は、気まずい雰囲気の中、何も言えなかった。

また、病室のドアが開いた。そこには幸江の姿があった。慎介は、助けが来た気がしてホッとした。

「さっちゃん・・・」

と呼びかけた瞬間、幸江の後ろに、自分を金欠病と診断したドクターが現れた。

慎介は、もう、何がなんだかわからなくなった。

「しんちゃん、私は金のなる木だったんだね。」

幸江は清美をチラッと見て言った。

「慎介くん、うちのお店のツケ、全額払ってくれる？」

清美が笑いながら言った。

「女の気持ち、分からない男って最低ね、慎介くん。」

マナが慎介の頭を撫でながら言った。

慎介は、まだ何が起きているのかわからなかった。

「しんちゃん、私たち姉妹なの。それに一番上は兄。ドクターよ。」

「え、だって全然似て無いじゃやん。」

「私たちね、みんな母親が違うの。父が女好きでね、色々な所に子供がいたの。

父は、最終的にみんなに見捨てられて、一人で寂しく死んでいったわ。」

慎介は、固まったまま動けなかった。

「慎介くん、世間は狭いんだよ。」

ドクターが静かに言った。

「しんちゃんが遊んだ女たちの中に、私のお友達もいたよ。しんちゃんは上手く浮気してたつもりかも知れないけど、今はSNSがあるからね。悪いことをすると、どこかでバレるんだよ。私のこと騙して、裏切って、女と遊んで、楽しかった？　信じている人を裏切るのって人間として一番最低だよね。お金も女も大事にしないと、み〜んな離れて行っちゃうよ。」

幸江は冷たく言った。慎介はまだ、病室の床に座り込んでいた。

三人の女たちは、病院を出て駅に向かっていた。

「ね、慎介くん、真っ青な顔してたね。」

マナが言った。

「ちょっと可哀想だったかなぁ。」

清美が言った。幸江はずっと黙っていた。涙が出そうだったからだ。

「さっちゃん、大丈夫？」

清美が心配そうに言った。

「全然大丈夫！」

幸江は思い切り明るいフリをして言った。清美は、幸江が本気で慎介を好きだったことに気が付いている。

「でもさ、ビックリしたよね。私たちが話をしていた男がさ、同一人物だったなんてね。またさ、〈姉妹どんぶり〉されちゃう？ 今度はもっといい男に。」

マナはとても楽しそうに言った。

「さんせ〜い。」

清美と幸江は声を揃えて言った。

三人は手を繋いで歩いた。幸江を駅まで送って行った。

「じゃ、豊橋に帰るね。清美姉さん、マナちゃん、元気でね。また遊びに来るね。東京。」

幸江は、二人に見送られて新幹線に乗った。新幹線の中で、慎介の名前をスマホから消した。

フェチ女子

＊

愛川《あいかわ》マナ、三十一歳。自分でも驚くほどの臭いフェチである。特に足の臭い人が大好きである。自分も足が臭い。かなりの納豆臭だ。ちなみに、本人は自分の足が納豆臭であることに気が付いているタイプである。友達が経営するスナックで働いている。仕事柄、男友達は多い。声をかけられれば、必ず一度はデートをする。そして、体中の全ての臭いをチェックする。無臭の人には、全く興味が湧かないのである。

今日のデートの相手は、最近よく店に来るお客さんだ。

「マナちゃ〜ん、こっち、こっち。」

白石達也《しらいしたつや》、三十九歳。運送会社で働いている。背が高く、がっちりした体格だ。目が細く垂れていて、とても大人しそうな印象だ。がっちりとした体とは、とても似合わない感じがする。ちなみに、本人は自分がワキガであることに気が付いていないタイプである。

「達也さん、ごめんなさい。待った?」

「いや、俺も今来たところだから、大丈夫。」

「ご飯食べて、その後うちのお店行く?」

「うん、そのつもりだったよ。」

達也とマナは、少しお洒落な居酒屋へ入った。女子会のグループが多かった。

「マナちゃん、何飲む?」

「やっぱり最初はビールね。」

達也が店員を呼んで飲み物を注文した。店員が立ち去ろうとした時、マナが呼び止めた。食べ物がすでに決まったようで、マナが適当に注文した。

「マナちゃん、相変わらず、気持ちいいね。」

「そお? だって、お腹すいてるんだもの。」

マナはよく食べてよく飲む。背は普通だが痩せている。リスのような顔をしている。どこにこれだけの食べ物や飲み物が入っていくのか、不思議である。

達也とのデートは、今日で三回目だった。マナは達也を気に入っている。なぜかというと、二メートル先からでも臭うほどのワキガを持っているからだ。達也のそばを通る人の中には、思わず鼻を押さえる人もいる。

達也は、マナが臭いフェチであることを知っている。初めてのデートの時にマナが言ったからだ。達也は自分がワキガだと気が付いていなかった。マナに言われてショックを受けたが、ワキガがあるお陰でマナとデートが出来る。その喜びのほうが大きかった。

二人は居酒屋を出ると、マナの働いている店に向かった。

「達也さん、いつものやって！」

「ここでなの？」

「うん、ここで。誰も見ていないから大丈夫。」

公園の中を通り抜けている時、マナが達也に催促した。達也はマナの頭を優しく引き寄せて、顔を自分の脇の下に押し付けた。十秒ほどマナは達也の脇の下に、顔をくっつけていた。そして、顔を離すと言った。

「ん〜、たまらないの、この臭い。気絶しそうなくらい最高。」

普通の人なら、違う意味で気絶してしまうだろう。

達也は、少し恥ずかしそうにしていたが、嬉しそうだった。

「もう一回！」

マナは、いたずらそうな目をして言った。

＊

マナの働いている店は、『スナックゆかり』という。ママがゆかりという名前だから、そう付けたのだろう。今時、あまり見かけない昭和風の店だ。カウンター席が七個、ボックス席が三個ある。カウンターの奥には小さな厨房があり、ある程度の料理は作れる。

ママの本多《ほんだ》ゆかりは、三十六歳。マナより五歳年上である。背が高く細身で、綺麗な顔立ちをしている。ゆかりは足が臭い。納豆臭である。ちなみに、本人は自分の足が納豆臭であることに気が付いているタイプである。

マナとゆかりが知り合ったのは五年前。同じフィットネスクラブの会員だった。一人の男を取り合った仲だ。二人が通っていたフィットネスクラブのインストラクターをしている男だった。

早見隆弘《はやみたかひろ》、五年前に三十三歳。今は三十八歳になっているだろう。中肉中背。さる顔でとても愛嬌のある顔をしている。笑うと目が無くなるので可愛く見える。よくしゃべる。若いが加齢臭がする。ちなみに、本人は自分が加齢臭であることに気が付いていないタイプである。

早見の家で、マナとゆかりは鉢合わせになり、自分以外の女の存在を知った。フィットネスクラブで、二人が偶然会った時には、取っ組み合いのケンカをしたこともあった。

しかし、その後、早見が七人の女と同時に付き合っていたことがわかった時、マナとゆかりは結託して、早見を罠にはめた。そして、男として二度と立ち上がれないほどの、仕返しをしてやったのだった。それから二人は、仲のいい友達になった。いや、友達というより、姉妹に近いだろう。

ゆかりは結婚して三年になる。ゆかりの夫は、一年前に交通事故に遭って以来、下半身不随になってしまった。その事故で、一歳の娘を亡くした。夫の命は助かったが、車椅子の生活になってしまった。

マナは、その時のゆかりの支えになった。娘を失ったゆかりは、気が狂ったようになってしまい、少しの間入院をした。その時に、店を支えたのがマナである。毎日ゆかりの病院にも通った。夫とマナ、そして弟の賢一の支えが無かったら、今のゆかりはいなかっただろう。


マナは、店に入る前にもう一度、達也のワキガを嗅いだ。何度嗅いでもいい臭いだとマナは思っていた。

「おはようございま〜す。」

マナは元気よく店に入った。

「あら、達也さんも一緒なの？　いらっしゃい。」

達也は恥ずかしそうに軽く頭を下げた。カウンターの奥の厨房から賢一が出て来た。ゆかりの弟だ。

斉藤賢一《さいとうけんいち》、三十五歳。背が大きくてスラッとしている。ゆかりによく似ている。目鼻立ちがしっかりしていて、一見ハーフに見える。料理が得意である。口数は少ない。ワキガと足が納豆臭。ちなみに、本人は自分がワキガで足が納豆臭であることに気が付いているタイプである。

マナは賢一が大好きだ。まだ一度もデートをしていないが、マナの本命は賢一だった。ワキガがある、足は納豆臭、そして無口。マナの好物を全て持っている。

マナの好きなのは、ワキガ、足が臭い、無口。嫌いなのは、ハゲ、口が臭い、よくしゃべる。体臭はいいが、口臭は苦手である。よくしゃべる男は、口先だけで、嘘つきで、女好きの人が多いとマナは思っている。過去に知り合った男は、みんなそうだったからだ。

賢一は料理が得意だ。賢一が店にいる時はメニューが増える。それを目当てに来る客もいる。

マナは賢一に話しかけたくて仕方がない。しかし、達也と同伴で店に来た以上、達也を放っておくわけにはいかなかった。マナは賢一を目で追ってしまう。

「マナちゃん、ちょっと厨房へ行って、お通しをもらって来てくれるかな。」

ゆかりは、マナの気持ちに気が付いている。マナを賢一の所へ行かせるために、用事を頼んだのだ。ゆかりは、達也と今日の食事の話をしている。

「今日はマナちゃんと、どこへ食事に行ったの？」

「すごくお洒落な居酒屋だったよ。俺あんな店初めて。」

「マナちゃんは、いろいろなお店知っているからね。よくお友達と飲みに行くみたいだから。」

「そうなんだね。今度はどこへ連れて行ってもらおうかなぁ。あはは。」

達也はとても機嫌がよかった。

一方マナは、賢一の近くに行っても、何を話していいのかわからない。賢一も自分からペラペラしゃべる男ではない。マナは、賢一を映画に誘いたかったが、なかなか言い出せずにいたのだった。

「賢ちゃん、お通し下さい。」

マナは、スリスリと賢一に近寄っていって、臭いを嗅いだ。賢一は気が付いていない。お通しの用意をしていた。

(ん〜、いい臭い。達也さんのワキガとは違うなぁ。

やっぱり、好きな人の臭いの方が、いい臭い)

マナは鼻をクンクンさせた。賢一がそれに気が付いて、さっとマナから体を遠ざけた。自分にワキガがあるのを知っているからだ。

マナは、ハッと正気に戻った。

(あ、いけない、いけない。私、変な女だと
思われそうだから、気を付けないと・・・)

マナは、もうしっかり変な女だ。

達也のところにお通しを出しに戻ったマナは、賢一が気になって仕方がなく、ゆかりと達也の会話に入っていけない。

「ママ、今日はもうこれで帰るよ。」

賢一がゆかりに声をかけた。

「ありがとうね。お疲れ様。明日また、よろしくね。」

賢一は、ある程度の仕込みを終えると、帰り仕度をした。店用の白い靴を脱いで、外出用の靴に履き替えている。その時、足の臭いがした
（あ～、いつもの賢ちゃんの足の臭いだ～。

このたまらない納豆臭。もっと嗅がせて～）

マナは思った。いつか必ず、近くで思う存分、賢一の臭いを嗅いでやるぞ！と。

＊

マナはいつもより早く店に出勤した。ゆかりが少し遅くなるからだ。鍵を開けて中に入ったら、賢一が厨房にいた。マナは心臓がドキドキした。

（どうしよう、何て話しかけよう）

心臓の音が、賢一に聞こえてしまうのではないかと思うほど、ドキドキしていた。男慣れしているマナらしくない。賢一を前にすると、中学生の少女のように、身動きが取れなくなってしまうのだ。

「あ、マナちゃん来てくれたんだ。」

「うん。何か手伝うことある？」

「今日は、中山さんが来るから、料理を多めに作りたいんだ。マナちゃんは店の中の準備をお願いしていい？」

「うん、わかった。中山さん、最近よく来てくれるよね。今日は何人で来るの？」

「二人とか言ってたかな。会社の後輩らしい。」

「ふ～ん。」

マナは賢一と二人きりなのが、嬉しくてたまらない。賢一のワキガの臭いを、思い切り嗅いだ。

（私、幸せだ～。賢ちゃんと二人きりでお店の準備が出来るなんて、なんて幸せなんだろ～）

マナが賢一のそばで、妄想に浸っている時、入り口の扉が勢いよく開いた。

「ちょっと、早かったかなぁ。」

大きな声で言いながら、中山が店に入ってきた。

中山哲夫《なかやまてつお》、四十四歳。パソコンのデータを管理する会社に勤めている。背は低いが、横は大きい。歳のわりには髪の毛が薄い。いわゆるハゲである。前からも後ろからも来ている。それを誤魔化そうと、髪の毛を少し伸ばしている。内股で歩く。加齢臭がある。ちなみに、本人は自分が加齢臭であることに気が付いていないタイプである。

マナは、ハゲが嫌いである。しかし、中山は強烈な加齢臭を持っているので、合格だった。今日は、長野支社から出張で来ている後輩を連れて来てくれた。

「中山さん、いらっしゃ〜い。」

「マナちゃん、相変わらず可愛いねぇ。」

「中山さんこそ、相変わらず口が上手いわねぇ。」

「後輩の平川慎介くんだ。長野から出張で来ている。よろしくね。」

「はじめまして、平川です。」

「こちらこそ、よろしくね。」

マナは、可愛らしい笑顔で挨拶をした。

平川慎介《ひらかわしんすけ》、三十八歳。中山の会社の後輩である。長野支社から東京の本社に、研修を兼ねて出張に来ていた。中肉中背。日焼けサロンに通っているため、冬なのに真っ黒である。歯が真っ白でビーバーのように前歯が少し出ている。全くの無臭である。ちなみに、本人は自分が無臭であることに気が付いているタイプである。そして、それを自慢している。

慎介は、マナを一目見て気に入ってしまった。中山が席を外した時に、マナをデートに誘った。マナは簡単にオッケーしてくれた。慎介は、今まで女を誘って断られたことは無かったので、当然の結果だと思った。

慎介は、毎日のようにマナの店に通った。

「マナちゃん、中山さんが連れて来てくれた慎介くん、毎日ね。」

慎介が席を外した時、ゆかりがマナに話しかけた。

「そうね、今度デートするんだけど。この前、隣に座った時に、臭いを嗅いでみたの。彼ね無臭なの。」

「私に自慢してたわよ。オレって一週間お風呂に入らなくても、足とか全然臭くならないって。脇も臭くならないって。」

「聞こえてたよ〜。マジで興味のない男ね。」

「なんとなく、雰囲気があの男に似てない？」

「あの男？」

「七股の男。」

マナは、思わず吹き出してしまった。以前、ゆかりと取り合った男だ。

「似てる〜。顔は似てないけど、チャラそうなところ似てる。雰囲気が似てるね。でも、彼は加齢臭があったからね。それは魅力だった。」

「歳も同じじゃない？　私より二歳上だったから、今三十八歳ね。あの時、面白かったわね。思い出すと笑いが止まらなくなるわ。」

マナとゆかりは、顔を見合わせて、また吹き出してしまった。

五年前、二人は自分たちが七股をかけられていると知った時、その男、早見に仕返しをすることを考えた。マナが早見をデートに誘い、お洒落なシティホテルに泊まった。早見が風呂に入っている間に、スマホと服を隠した。風呂から出てきた早見は、ベッドに入っているマナを見つけ、腰に巻きつけていたバスタオルを外し、急いで布団にもぐりこんだ。しかし、体の触り心地が違うことに気が付き、布団を跳ね除けた。そこには、マナとは似ても似つかない、巨体の女が全裸で寝ていた。驚いた早見はベッドから離れようとするが、その女は、早見の腕を掴み、早くして欲しいと言わんばかりに催促してきた。どんな女でも俺は満足させることが出来る、と自慢していた早見だが、今回は萎えてしまって全く役に立たない。

「この役立たず！」

その女は、早見に罵声を浴びせて服を着て出て行った。その一部始終を、ゆかりが隣の部屋から動画で撮影をしていた。ベッドの上でうな垂れている早見の前に、二人は姿を現すと、動画を見せて言った。

「この役立たず！」

その後、早見のスマホを彼が見ている前で、風呂に水没させてやった。これで、全てのデータが無くなる。女のデータも、ゲームのデータも全て消えてしまっただろう。そして、隠してあった服を持って、二人は部屋を出た。それから早見がどうしたかはわからない。スマホも服も無くなって、きっと困っていただろう。

＊

マナと慎介はデートをしていた。マナはつまらない。無臭の人には興味が無いからだ。食事を終えるとマナは慎介に言った。

「私、慎介くん無理かな。もうデートはしないけど、お店には来てくれる？　お客さんとしてなら、全然大丈夫だから。」

「え？　オレって男として見てもらえないの？」

「うん、ごめんね。」

女にフラれたことの無い慎介は、自分の耳を疑った。何とかして、マナを自分のものにしたくなってきた。慎介は必死でマナを誘った。

「なんで？　どこがダメかなぁ？　まだ一回しかデートしていないよ。あ、そうだ。マナちゃんの欲しい物言って、買ってあげるから。今オレね、ちょっとお金持ちなんだ。明日、会おうよ。」

マナはブランド品に目が無い。

「何でも買ってくれるの？　私の好きなブランドのバック買ってくれる？」

「うん、いいよ。バックでも、財布でも、服でも何でも。」

慎介はこの手でマナを誘い、毎日デートをした。その後、必ずマナの店に行った。慎介は、マナの彼氏気取りだった。ゆかりにとっては、毎日たくさんのお金を使ってくれる慎介を歓迎した。

マナは買物が楽しくて仕方がない。目を輝かせている。慎介が手をつないでくると、マナも握り返した。それは自分の欲しいものが目の前にあって、興奮してしまうのだ。マナにとって特に深い意味はなかったが、慎介はそれを、恋人の証だと思っていた。

そんな慎介との買物デートが、一週間ほど続いた。マナは、今日は何を買ってもらおうかと、ウキウキしていた。

「今日は何を買ってくれるの？」

「マナちゃん、今日は映画に行こうか？」

「え～、そんなのつまんない。欲しい服があるの。ダメ～？」

「今日はちょっと、お金の持ち合わせが無いんだ。マナちゃんにいっぱい買物したから。てか、何でオレと映画に行くの、つまらないの？　オレ達、恋人だろ？」

マナは、慎介の顔をじっと見ると、プッと吹き出した。

「恋人？　私と慎介くんがぁ？　違うよ～。慎介くんがいっぱい私の欲しいもの買ってくれるから、デートしたの。私は、慎介くんみたいに、臭《くさ》くない人は好きじやないの。私、臭《にお》いフェチだから、臭《くさ》い人が好きなの。」

「ホテルだって行ったじゃん。オレさ、あんなにマナちゃんにお金使ったのに。あれは何だったの？　オレの彼女だと思っていたよ。金の無いオレとは、もうデートしないの？」

「色々買ってくれたから、お礼にホテルに行っただけだよ。何も買ってくれなかったら、慎介くんとデートなんかしなかったよ。言ったでしょ、臭《くさ》くない人には全く興味がないし、男として魅力は感じないって。だから、買物行かないなら、もう帰るね。」

マナはそう言うと、タクシーを拾って帰って行った。

＊

今日は、達也の会社の新年会だ。二次会でマナの店に来てくれる。厨房では、ゆかりと賢一でちょっとした料理を用意していた。今までも何度か来てくれている。運送会社の人達はよく飲む。四人で来る事になっているので、またボトルがごっそり減るだろう。ゆかりは酒屋に電話をしている。他の客が入れるボトルが無くなってしまうといけないからだ。

夜十時を過ぎたころ、達也たちが来た。その中には、マナが気に入っている中で、唯一年下の男の子がいる。

長谷川瑞貴《はせがわみずき》、二十八歳。背はあまり高くないが、毎日筋トレをしているらしく、上半身は筋肉モリモリである。ジャニーズ系のイケメンだ。歌がとても上手い。一緒に歩いていると、すれ違う女の子たちが振り返るほどだ。足がとにかく臭《くさ》い。すっぱい臭《にお》いである。ちなみに、本人は自分の足がすっぱい臭《しゅう》であることに気が付いているタイプである。

マナがお酒の準備をしたりと、真面目に仕事をしていると、

「マナちゃん、今日も僕の足の臭《にお》い嗅ぐ？」

そう言って、瑞貴はいつもマナをからかう。瑞貴はマナが臭《にお》いフェチだと知っている。マナの知り合いの中で、足のすっぱい臭《しゅう》は瑞貴だけだった。マナにとって

はレアである。早くその臭《にお》いを嗅ぎたくてたまらないマナは、仕事が手に付かなくなる。その姿を見て、瑞貴は楽しんでいる。賢一はもう帰ってしまったので、マナは思う存分、みんなの臭いを嗅げる。さすがに賢一の前では、臭いフェチの醜態をさらすわけにはいかなかった。

「今行くから、待ってて。思い切り嗅がせてもらうからね。」

瑞貴たちの座っているボックスに、氷とお茶、そしてお酒を運び終わると、マナは瑞貴と達也の間に座って、深呼吸をした。

（今日は、ダブルで嗅げる〜）

マナは、まず達也のワキガを楽しむと、次は瑞貴の足に頬ずりした。すっぱい臭いがたまらないのである。他にも客はいたが、いつものことなので、あまり気にしていない様子だった。

マナが、初めて瑞貴とデートをした時、マナは瑞貴の足に抱きついたのだった。その姿があまりにも可愛くて、それから瑞貴はマナのファンになった。足の臭いがコンプレックスになっていた瑞貴は、マナに出会ったことで元気になれた。

マナとのデートが楽しくてたまらなかった。今まではデートをする時に、どうしたら足の臭いを隠せるか、必死だった。靴を脱げば必ず臭《にお》う。それでフラれたことも何度かあった。それほど女の子は、臭《くさ》いものが嫌《いや》なのである。しかし、マナと一緒にいると、気を使わなくてもいい。反対に、その臭《くさ》さを喜んでくれる。瑞貴には、マナが女神のように見えた。

達也たちが来て、二時間ほどしたころ、中山も店に来た。今日は一人だった。達也、瑞貴、中山は顔見知りなので合流して一緒に飲み始めた。マナは嬉しくてたまらない。今日はダブルどころか、トリプルである。

達也の横に座り、脇の下へ顔を近づけてワキガを嗅ぐ。瑞貴の足元にもぐって足のすっぱい臭《しゅう》を嗅ぐ。中山の耳元へ顔を近づけて、加齢臭を嗅ぐ。マナにとって最高に幸せな日になった。

中山が、マナにそっと耳打ちした。

「平川な、長野に帰ったぞ。客が一人減っちゃったな。」

マナは、にっこり笑って、

「そうなのね。ま、私にはどうでもいいことだけどね。じゃあ中山さん、今度は私の好物の素敵なお客さん、連れて来てね。楽しみにしているから。」

＊

スナックゆかりに、臭《にお》いフェチの変わった女の子がいると、巷で噂になってきた。マナを目当てに、臭《にお》いにコンプレックスを持った人たちが、男女問わず、集まるようになった。そうなると、臭《にお》いに敏感な人たちは敬遠してしまう。そこで曜日を決めて、臭《にお》いコンプレックスの人たちを集めた。

色々なコンプレックスを持っている人がいる。臭《にお》いのコンプレックスは、本人が努力してもどうにもならないこともある。臭《くさ》いのを隠そうとして、臭《にお》いを重ねれば、もっと悪臭になることもある。気休めにしかならないかも知れないが、マナのような人がいてくれたら、少しは気持ちが明るくなるような気がする。

賢一も臭《にお》いコンプレックスの一人だった。マナの噂は賢一の耳にも入ってきた。いつも近くにいたのに、マナが臭《にお》いフェチだとは、全く気が付いていなかった。

その日の夜、賢一はゆかりの店でマナに会った。

「マナちゃん、実はさ、俺・・・」

マナはドキっとした。仕事以外のことで、賢一が話しかけてくることは、今まで無かったからだ。

「賢ちゃん、どうしたの？」

「マナちゃんは、もう気が付いているよね。俺の臭《にお》い。」

マナは何て答えていいか戸惑った。少し沈黙が続いた。

「うん。だから、私は賢ちゃんのことが大好きなの。」

マナは思い切って言った。今言わなければ、もう二度と言えない気がした。賢一は少し驚いた顔をしたが、すぐに笑顔になった。

「女の子は、みんな臭《くさ》い男は嫌いだと思っていた。だから、俺はいつも逃げていたよ。女の子からね。嫌われるのが怖くて。」

「確かに、臭《くさ》いのが嫌な人はたくさんいるかもしれない。でも、それが原因で、人を嫌いになんてならないよ。その人の人間性が大事だと私は思う。だって、イチゴが好きな人は、たくさんいるかもしれないけど、嫌いな人だっているでしょ。バナナのほうが好きって言う人もいるし、リンゴが大好きな人もいる。みんなそれぞれ、感覚や考え方が違っていいと思う。だから、私は臭《くさ》い賢ちゃんが、大好き。」

マナは嬉しかった。賢一と仕事以外の話が出来たからだ。こんなに大胆に話が出来る自分に驚いた。驚きついでに、今まで言えなかったことを、思い切って言ってみた。

「賢ちゃん、私を映画に連れて行って下さい。」

デブンイレブン

＊

店の中には、美味しそうなものが、いっぱい並べられていた。高カロリーのものばかりだ。この店は、デブしか入れないコンビニエンスストアだった。入り口の自動ドアの前に立つと、自動的に体重が測られる。体脂肪率が三〇パーセント以上でなければ、この店に入ることは出来ない。自動ドアが開かないのである。

もちろん、働くスタッフも、みんなその条件を満たしている。

高木和彦《たかぎかずひこ》、三十四歳。一七五センチ、九〇キロ、体脂肪率三十八パーセント。今日も、仕事へ行く前にこの店に寄った。朝食と昼食を買って行く。カゴいっぱいに詰め込んでレジへ向かった。

「おはようございます。今日も暑いですね。いつもありがとうございます。」

スタッフの優しい笑顔に、和彦はいつも癒されていた。

神崎幸江《かんざきさちえ》、四十九歳。一五一センチ、五五キロ、体脂肪率三十一パーセント。四ヶ月前、東京から地元へ帰って来て、ここで働いているスタッフだ。

「タバコはこちらでしたね。」

和彦がいつも買うタバコを覚えていて、何も言わなくても用意して待っていてくれる。幸江は、白髪が混ざっているせいか歳より老けて見える。しかし声だけ聞くと、子供のような声をしている。和彦は毎朝、幸江の顔を見ることで、不思議と癒されるのだった。

「ありがとうございました。いってらっしゃいませ。」

レジを終えると和彦は、真夏の日差しが眩しい中、車へと向かった。

車に戻ると、今買ったジャンボおにぎりを食べ始めた。三個食べ終わるのに、五分もかからなかった。フライドチキンを三本食べ、食後のデザートにたっぷりプリンを食べた。ふつうのプリンの三倍はある大きさだ。お腹を摩りながら車を発進させた。

和彦は建設現場の監督をしている。施主と業者の間に挟まれて、ストレスも溜まるだろう。しかし、面倒くさいことを聞き流せるという特技があることと、毎日のデブンイレブン通いで、ストレスを軽減出来ている。自他とも認めるデブであるが、痩せて格好良くなりたいという願望はある。可愛い彼女も欲しい。だがどうしても高カロリー食品の魅力に負けてしまう。

二年ほど前、よく行くビデオレンタルショップで働いていた、山本里美《やまもとさとみ》に恋をした。クリスマスの日、小さなダイヤモンドが付いたネックレスを、里美にプレゼントした。そして、自分の気持ちを打ち明けた。すると、里美は和彦の全身を見渡して言った。

「ね、もう少し痩せたら？　私のこと好きなら痩せてみてよ。そうしたら付き合ってあげてもいいわよ。今のあなたとは、恥ずかしくて一緒に歩けない。」

次の日から、和彦は毎日ジョギングを始めた。スポーツジムにも通い始めた。食事にも気を付けて生活をした。三ヶ月経ったころ、九〇キロあった体重が七〇キロになった。二〇キロの減量に成功したのだ。以前の和彦とは別人になった。

桜の花が満開だった。和彦は大きな花束を買い、里美の所に向かった。交際を申し込もうと思っていた。里美の働く、ビデオレンタルショップの駐車場に着くと、里美が仕事を終えて出て来るのを待った。毎日同じ時間に里美が帰ることは、以前、里美から聞いていた。

五分ほど待った時、里美が店から出て来た。和彦は大きな花束を抱えて、里美の所に行き、花束を渡して言った。

「僕とお付き合いして下さい。お願いします。」

そう言い終わるか終わらないかのうちに、後ろから肩を掴まれた。

「おい、何やってんだ？」

和彦が振り返ると、一人の男が立っていた。背が高くて細身のその男は、ハーフのように濃い顔の男だった。里美が一ヶ月ほど前から、付き合っている彼だった。

「この人よ、前から私に付きまとっている人。」

里美は彼の腕に巻きついて言った。

「僕が痩せたら、付き合ってくれるって言ったから、一生懸命痩せたのに。あれは嘘だったの？」

「え？　真面目に受け取ったの？　あれ、冗談よ。少しは痩せたけど、でも、あなた私のタイプじゃないの。ごめんなさいね。」

里美はそう言うと、ケラケラ笑いながら、和彦からもらった花束を抱えて、彼と手をつなぎながら立ち去って行った。

和彦は、今思い出しても、悔しくて体が震えてしまう。せっかく痩せた和彦だったが、それ以来、また本来の生活に戻ってしまい、九〇キロまで体重が増えてしまった。


和彦は、毎朝七時には会社に出勤する。建設会社としては、そこそこ大きな会社である。和彦は主に、新築のマンションを担当している。

八時になると事務員が出勤してくる。毎日、朝一番に和彦にコーヒーを淹れて持ってきてくれる事務員がいる。

杉田有子《すぎたゆうこ》、三十二歳。一六二センチ、四五キロ、体脂肪率十八パーセント。

五年前に結婚したが、夫の浮気癖が治らず、我慢出来ずに二年前に離婚をして、この会社に就職した。子供はいない。美人ではないが、笑うと八重歯が見えるせいか可愛く感じる。高木がよく行くデブンイレブンの横のアパートに住んでいる。

「高木さん、おはようございます。今日も相変わらず、早い出勤ですか？」

「うん、現場に行く前に、色々見ておかないといけない図面があるからね。」

有子は、別れた夫とは正反対の、真面目そうな和彦を気に入っている。入社した当初、仕事を教えてくれたのが和彦だった。図面の見方、書類の書き方などを丁寧に教えてくれる和彦に、こころを引かれていった。

和彦は有子に対して、特別な感情は全く無い。事務員に仕事を覚えてもらわないと、自分が大変だから、一生懸命教えるのだ。二年前の里美の事件が、トラウマになっている。特に里美のような細身の女を、信用出来なくなってしまっているのだ。

「高木さん、はい、これ。大好物でしょ。」

「なんで知っているの？」

「毎日ゴミ箱を片付けているの、私よ。嫌でも目に付くわ。このピレーネの袋。」

「ありがとう。でも、杉田さんは入《はい》れないでしょ？デブンイレブン。」

「そうなの、残念だけど入れない。でも私のお友達が働いているの。だから買って来てもらったの。高木さんのためにね。」

＊

有子と幸江は四ヶ月前に知り合った。幸江が東京から帰って来た、その日だった。生まれ育った豊橋に十年ぶりに帰って来た幸江は、とりあえずインターネットカフェに行った。まだ、住む所も仕事も決まっていなかった。手当り次第、求人情報誌を手に取った。周りを見ずに振り返った幸江は、有子とぶつかってしまった。有子は床に散らばったたくさんの求人情報誌を見て、幸江に話しかけた。

「仕事探しているんですか？」

求人情報誌を拾い集めていた幸江は、その手を止めて有子の顔を見て言った。

「はい。」

「あの、もし嫌でなかったら、私のよく行くコンビニエンスストアがスタッフを募集していましたけど。」

「どこですか？ 教えて下さい。面接に行ってみます。」

有子は、幸江にそのコンビニエンスストアの場所を教えた。

幸江は次の日、早速電話をして、面接に行った。しかし、面接を受ける前に店の前で断られてしまった。そのコンビニエンスストアは、ファミリースマートといって、体脂肪率が十九パーセント以下の人しか入れない店だった。お客はもちろん、スタッフもその条件を、満たしていないといけなかった。がっかりしながら、駐車場を歩いていると、前から有子が歩いて来た。

「あ、昨日の方ですね。どうでしたか？」

「ダメでした。私は太っているから、このお店で働けないみたいです。せっかく教えていただいたのに残念です。」

幸江のがっかりした様子を見て、元気付けようと思い有子が言った。

「今から、飲みに行きませんか？ 私お酒大好きなんです。あ、嫌じゃなかったらですけど。」

幸江は、黙って有子の顔を見た。

「私も、大好き。」

幸江はにっこり笑って答えた。

二人は笑いながら、道路を渡って反対側の歩道に行った。その時、突然目の前に、巨体が現れて大きな声がした。

「あれ、神崎じゃないか？　俺だよ、俺。分かる？」

幸江は、少しの間考えていた。

「あ、小坂？」

「そうだよ、小坂だよ。」

「おじさんになったねぇ、小坂。またまた横に大きくなっとるし。」

「神崎だって、もうりっぱな、おばさんだよ。」

二人は、大笑いしながら昔話に花を咲かせた。

小坂《こさか》　実《みのる》、四十九歳。一八五センチ、九九キロ、体脂肪率四十二パーセント。

幸江の幼なじみだ。幼稚園、小学校、中学校、高校とずっと一緒だった。コンビニエンスストアの店長をしている。八年前に会社を辞めて、夫婦でコンビニエンスストアを始めた。去年、妻を病気で亡くした。今は二十二歳の長男と一緒に、店を営んでいる。

「二人で楽しそうに、何を話しとったの？」

「あのね、あの向かいのコンビニエンスストアに面接に行ったの。そうしたら、私がデブだからって、断られちゃったのね。で、彼女が私を慰《なぐさ》めてくれるってことで、今から飲みに行こうって話しとったの。」

「神崎、仕事探しとるの？」

「うん、一週間前に豊橋に帰って来たばかり。住む所も仕事も無くて、今必死で探しとるんよ。」

「じゃ、うちの店で働く？ スタッフ募集中だからさ。ここだよ、デブンイレブン。うちはデブしか入れないけど、神崎なら大丈夫。」

小坂は笑いながら、自分の店を指差して言った。

「何よそれ！ ま、確かに私はデブだけどね。でも、小坂さ、私のこと色々と噂を聞いとるよね。」

幸江は少し下を向いて言った。小坂は、黙って幸江を見ていたが、暫くして、大きな声で言った。

「俺さ、バカだから聞いてもすぐに忘れるんだよね。どんな噂だっけ？　お前はさ、昔からいっぱい噂あるからなぁ。」

そう言うと、大きな声で笑った。

幼なじみの小坂が、幸江の過去を知らないわけがない。幸江は小坂の優しさに涙が出そうだった。

「ま、とにかく明日から来てよ。助かるから。それと、もし俺んちでよければ、住む所が見つかるまで、いてもいいよ。部屋はいっぱいあるから。ただボケたババアが一人おるけど。」

「いいの？　嬉しいなぁ。小坂の美人のお母さん、ボケちゃったの？」

「去年、女房が亡くなってから、急にね。」

「そうなんだ。みんな、色々あるね。じゃ、甘えていいかな。明日また来るね。

よろしくお願いします。」

幸江は深く頭を下げた。そして、幸江と有子は、近くの居酒屋へ向かった。

二人は、安くて美味しいという評判の居酒屋へ入った。平日にもかかわらず、満席だった。二十分ほど待って二人は席に案内された。

「今日は、慰《なぐさ》め会をするつもりだったんですけど、なんかお祝い会になっちゃいましたね。」

有子が可愛い八重歯を見せて言った。

「私もビックリした。まさか同級生に会うなんて、思いもよらなかった。」

「美味しいお酒が飲めそうですね。」

「うん。住む所も仕事も、一度に決まっちゃったね。有子ちゃんのお陰かなぁ。感謝してる。ありがとうね。」

「そんなことないですよ。」

「だって、有子ちゃんが教えてくれた、あのお店に面接に行かなかったら、同級生に会えなかったんだし。きっとまだネットカフェで寝泊りしてたよ。」

「そうですね。」

二人は顔を見合わせて笑った。

その後、有子と幸江は、今までの自分たちの過去の出来事を、お互いに話した。有子は別れた夫のこと、幸江は東京で付き合っていた男のこと、色々なことを話した。泣いたり、笑った、怒ったり。あっという間に時間は過ぎた。とても楽しい時間を過ごした二人だった。

幸江が、有子に教えてもらって面接に行った店は、小坂が経営するデブンイレブンの、道を挟んで向かいにある、ファミリースマートというコンビニエンスストアだった。この店は、体脂肪率一九パーセント以下の、いわゆるスマートな人しか入れない店だった。ここへ通うほとんどの人が、この店に入れることを自慢に思っている。スタイルのいい自分たちは、選ばれた人間だと思い込んでいる人が多い。その証拠に、向かいにあるデブンイレブンに出入りする人間を、とても嫌っている。デブンイレブンの客と目が合うと、クスクス笑ってバカにするような態度を取るのである。

ファミリースマートに並べられている食品は、低カロリーのものばかりだ。全ての食品の味が薄い。しかし、太りたくない人たちは、我慢してそれを食べる。この店の食品ばかりを食べていれば、スマートな身体を維持出来るというわけだ。しかし、美味しいものを食べたいという欲求を満たされないので、いつもストレスをかかえている。

有子はファミリースマートへよく通っている。以前、結婚していた頃はデブだった。そんな有子に夫はよく言っていた。

「お前さ、なんでそんなにデブなの？　俺は、細い女の方が好きなのね。子供を生んでいないのに、なんで太るの？」

スマートな女とばかり浮気をしている夫を見て、有子は悔しくて、一生懸命ダイエットをした。そして二〇キロ痩せたのだった。

スマートになった有子を見て、夫は嬉しそうな顔をしたが、浮気は止まらなかった。根本的に女が好きなだけなんだろう。有子はそう思った。

しかし、有子はそれ以来、太ることに対して、恐怖感を覚えてしまった。男はスマートな女が好きなんだと思い込んでしまった。今は、ファミリースマートのお陰で、スマートな体型を維持出来ている。

一方、幸江は、有子とは正反対の考えを持っていた。以前付き合っていた男が、ぽっちゃりした女が好きだと言っていた。幸江が痩せようと思って、色々ダイエットをしようとすると、よく怒られた。その男も浮気ばかりして、いつも幸江は泣かされていた。浮気の相手は、スタイルの良いモデルのような女ばかりだった。

幸江はこの嘘つき男と一緒にいることに疲れ果てて、こころがボロボロになってしまった。それで東京を離れ、生まれ育った豊橋に帰って来たのである。

それ以来、モデルのようなスタイルの良い女を見ると、息が出来ないくらい胸が苦しくなる。その男にまた会うことがあるかもしれない。意地でもデブをキープしていてやろうと、変なことに意地を張っている幸江だった。

浮気男に悩まされた二人は、そこで意気投合した。表面的には違っていても、根本的なところで、同じ痛みを味わった者同士だからこそ、丁度良い距離を保ちながら、友達でいられるのだろう。

＊

今日も、有子は高木にコーヒーを淹れて持って行った。他の社員は、もうすでに外へ出て行って、事務所にはいなかった。事務員の女の子も、今日は二人とも有給休暇をとっていた。高木と有子は二人きりだった。

「高木さんは、お付き合いしている人とか、いるんですか？」

有子は思い切って聞いてみた。高木は図面をめくる手を止めて、不思議そうに有子を見た。

「あ、ごめんなさい。変なこと聞いちゃいましたね。」

「いや、そんなことはないけど・・・」

「もし、いないようでしたら、一緒にご飯でもと思って、聞いてみました。」

高木は少しの間、黙っていた。

「僕と？」

「はい。」

「僕と一緒に歩いて、杉田さんは恥ずかしくないの？」

「え？」

有子は、驚きのあまり、次の言葉が出て来なかった。

「女の人って、僕みたいなデブな男と、一緒になんて歩きたくないでしょ？」

有子はプッと吹き出してしまった。

「仕事中にこんな話していたら、怒られちゃいますね。今日の夜、もしよければ、一緒にご飯行って下さい。いい居酒屋見つけましたから。高木さんがよく行くデブンイレブンの近くです。よろしくお願いします。」

そう言うと、有子は自分の仕事に戻った。高木は図面を整理して、現場へ行くための準備をして事務所を出て行った。

その日の夜、有子は、以前幸江といった居酒屋へ、和彦を連れて行った。

「ここ、安くて美味しいって評判の居酒屋なんです。前にお友達と来たんです。デブンイレブンで働いているっていうお友達です。私、あのデブンイレブンの隣のアパートに住んでいます。」

「そうだったの。隣にコンビ二があるのは便利でいいよね。」

「でも、私は入れないの。美味しそうなものが、いっぱい置いてあるのに買えないの。だから、私は向かいのファミリースマートに行くの。」

「ファミリースマートは、どんなものを売っているの？　反対に、僕はあの店に入れない。」

和彦は苦笑いをした。

「あのお店は、低カロリーのものばかりよ。食べても太らないの。だから、スマートな体型を維持したい人には、とてもいいお店なの。でも味が薄いから、たまにはデブンイレブンにおいてあるようなものが、食べたくなっちゃう。」

「杉田さんは、なぜ痩せていたいの？」

「だって、男の人は細い女の人が好きなんでしょ？　別れた夫が言ってた。」

有子は、結婚していたころの話を和彦にした。和彦は、有子の話を聞いているうちに気持ちが沈んできた。

「その高木さんのご主人だった人は、高木さんが痩せていても、太っていても、浮気する人だったんだよ。一種の病気だね。浮気病っていう。」

「高木さん、面白いこと言うのね。意外な一面見ちゃいました。」

有子は、和彦の知らなかった一面を見た気がして嬉しかった。

「僕は、痩せている女の人は苦手かな。冷たそうに見えてしまう。実際、以前にひどいことを言われた女性が細かった。それ以来、苦手になったかな。だから、僕は太っている女性のほうが好きだね。」

「じゃあ、私がデブになったら、高木さん、私とお付き合いしてくれますか？」

和彦は驚いて、有子の顔を見た。

「僕と付き合うって・・・」

「私、高木さんみたいな真面目な人が好きです。」

「僕と一緒にいて、恥ずかしくないの？」

「なぜ恥ずかしいの？　好きな人と一緒にいるのに、恥ずかしいことなんてあるわけないでしょ。」

「以前に、恥ずかしくて僕と一緒には歩けないって、女性に言われたことがあるから。みんな、そうかなと思って。」

「みんなが同じ考えじゃないわ。私の別れた夫は、細い女が好き。高木さんは、太い女が好き。みんな色々でしょ。ま、それ以前に、私は、その人の人間性が一番大事だと思います。」

有子はそう言って、可愛い八重歯を見せて笑った。

二人は、食事を終えると、デブンイレブンまで帰って来た。有子は入口のドアの前に立って、横に立っているバーに手を触れた。バーの横に付いている画面に体重と体脂肪率が表示される。画面が緑色になれば、入口のドアが開《ひら》く。一人がやっと通れる幅しか開《ひら》かない。入店の許可が出た人に、くっついて入ろうとしても入れない。そういう仕組みになっている。体脂肪率が三〇パーセントに満たない人は、画面がオレンジ色になりドアは開《ひら》かない。

「やっぱり入れないね。高木さんと一緒に、中で楽しくお買物したかったのにな。」

有子はがっかりして高木の顔を見た。

「杉田さんの友達、ここで働いているんだよね。」

「そうです。でも、この時間帯はいないです。朝六時から夕方六時まで。」

「じゃ、僕会ったことありそうだね。」

「あると思いますよ。ここの店長と同級生だそうです。」

そう言って、有子は、幸江がここで働くことになった経緯を高木に話した。

「すごい偶然だね。」

「そうでしょ。それ以来、私たち仲良くなって、よく飲みに行くんです。」


次の日から、有子は体重を増やそうと、一生懸命食べた。今まで、太りたくないと思って我慢していたものを、思いっきり食べた。もともと太る体質の有子だ。二ヶ月もしないうちに、二〇キロ体重が増えた。四十五キロだった体重が、六十五キロになった。太ったせいか、顔の雰囲気まで変わった。今まで、眉間にシワを寄せたような顔をしていたが、今は別人のようだ。

有子は、デブンイレブンの駐車場で、高木が来るのを待っていた。今日こそ、一緒に買物をしようと思ったのだ。朝の六時半頃、高木は出勤途中に、必ずデブンイレブンに寄る。有子はそれを知っていた。

高木の車が駐車場に入って来て、いつもの位置に止まった。

「おはようございます。今日は、高木さんと一緒にデブンイレブンでお買物しようと思って、待っていました。私、頑張って太りました。」

「なんか、雰囲気が変わってきたよね。気が付いていたよ。こっちの方がいいと僕は思うよ。健康的で。」

有子は嬉しかった。高木が店に入って行った。有子も入口に立って、ドアが開《ひら》くのを、ワクワクして待った。しかし、画面はオレンジ色だった。ドアが開《ひら》かない。

よく見ると、体脂肪率が二十九パーセントだった。

「え〜、なんで。家で測った時は、三十三パーセントだったのになぁ。」

なかなか入ってこない有子を見ながら、高木は買物をしていた。レジにいた幸江が有子を見つけた。出口から出て、有子の所へ行った。入口と出口が別になっているため、入口からは出られない。

「有子ちゃん、何してるの？」

「今日こそ、高木さんと一緒にお買物しようと思って、待っていたの。なのに、体脂肪率が一パーセント足りなくて、入れなかったの。」

「高木さんはどこなの？」

「お店にいるよ。」

「え？ 今、プリン見ている人？」

「そう。」

「あの人が、高木さんだったのね。知らなかった。毎日来てくれるよね。」

「高木さんね、ここで売っている、ボンとらやのピレーネが大好きなの。」

「そうね、いつも五個は買って行くからね。あのスペシャルピレーネはデブンイレブンでしか買えないのよ。特別なの。すごく美味しいのよ。」

「家で測った時は、体脂肪率三十三パーセントあったの。でも、ここに来たら、二十九パーセントに減ってた。ショック。」

有子はとてもがっかりしていた。

「有子ちゃん、頑張っていたよね。もう少しよ。諦めないで。ちょっと高木さんのレジ打って来るね。」

そう言って、幸江は店に戻って行った。

「お待たせしました。今日もタバコですね。」

いつものタバコを二個持ってきて、和彦に渡した。レジを打ち終わると、小さな声で言った。

「有子ちゃん、あなたとここで一緒に買物をすることを、とても楽しみにしています。今日は、体脂肪率が少し足りなくて、入れなかったみたいです。あの子、頑張っています。よろしくお願いしますね。」

袋につめた買物を和彦に渡した。

「ありがとうございます。行ってらっしゃいませ。」

和彦は、軽く頭を下げて店を出て行った。複雑な気持ちだった。なぜなら、和彦は幸江のことが気になっていた。毎日、デブンイレブンに来ていたのは、もちろん、ボンとらやのスペシャルピレーネと高カロリーの食品の魅力もある。それと同時に幸江に会って、癒されたいという気持ちもあった。しかし、有子の友達だと分かって、少しショックだった。

外へ出た和彦は、有子の所に行き慰《なぐさ》めた。自分の買ったピレーネを有子に渡し、車に乗って会社へ向かった。

*

眩しかった太陽も、だんだんと大人しくなって来た。過ごしやすい気候になった。相変わらず、和彦はデブンイレブンに通っている。しかし一人ではない。有子と仲良く手をつなぎながら、楽しそうにデブンイレブンの駐車場を歩いていた。

道を挟んで向かいのファミリースマートからの視線を浴びている。ガリガリに痩せた、スマート？な女たちが、羨ましそうにこちらを見ていた。最近、デブンイレブンは仲良く買物を楽しんでいるカップルでいっぱいだった。デブなカップルが、楽しそうに、美味しそうなものを食べている。デブを軽蔑していたファミリースマートの客たちも、そんな姿を見ると、羨ましくなるのだった。

デブといっても、格好よく太ったデブである。デブンイレブンの高カロリー食品は、厳選された食材で作られているため、いくら食べても見苦しい太り方はしない。食欲が満たされていると、こころも穏やかになる。人に対して優しい気持ちになれるような気がする。そうなると、人間関係もスムーズになる。デブンイレブンの客は、みんな楽しそうな顔をしている。

向かいのファミリースマートも、もちろん厳選された食材で作られたものばかりだ。低カロリーで体に優しいものを売っている。痩せて綺麗になりたい、格好よくなりたいと思っている人は、たくさんいると思う。そんな気持ちを満足させてくれるのがファミリースマートだ。太りたくない、でも食べたい。ファミリースマートはそんな人たちの救世主である。しかし、痩せることに執着しすぎて、ガリガリになってしまう人もいる。スマートを通り越して、もうガイコツになってしまっている。本人は、それに気が付いていない。そこまで行くと、自分でストップをかけないと、他人が救うことは出来ないかもしれない。

風が少し冷たくなってきたある日、和彦と有子はデブンイレブンに向かっていた。駐車場についた二人は、入口でドアを叩いている男を見つけた。中に入りたいようだった。和彦が近づいて行って、話しかけた。

「あの、何をしているんですか? そんなにドアを叩いたらいけないですよ。」

その男は振り返って、和彦を睨み付けた。

平川慎介《ひらかわしんすけ》、三十九歳。一七〇センチ、六五キロ、体脂肪率二十二パーセント。幸江が以前付き合っていた男だ。幸江と縒《よ》りを戻そうと、わざわざ長野から豊橋までやって来たのだ。幸江の誕生日を聞くために。

「なんで、このドア開《ひら》かないの?」

「ここは、デブしか入れないコンビニなんです。」

慎介はデブではない。だから、この店には入れなかった。

「はぁ？ なんだそれ。中にさっちゃんがいるんだよ。色々探し回って、やっと見つけたんだ。話がしたい。」

店の中では、幸江が店長の小坂と、楽しそうに笑いながら仕事をしていた。それを見て、慎介は余計に腹が立った。

有子は、幸江が以前話していた浮気男だと思った。やっと、幸江のこころの傷が少し薄れて来たところなのに、この男が現れたら、また幸江が苦しむと思った。なんとかして、この男をここから遠ざけたかった。しかし、中にいた幸江が気付いてしまった。幸江の顔が青ざめて行くのがわかった。その後、幸江が小坂に何か話をしていた。

小坂が出口から出て来た。小坂が何か言おうとしたその時、

「店に入れて欲しい。ここで働いているあの女に用事があるんだ。」

「ここは、デブしか入れない店なんです。申し訳ないです。」

「そんなバカなこと言ってないでさ、入れてよ。店長でしょ？」

小坂が店に戻ろうとした時、

「さっちゃんの、新しい男なのか？　いくら貢いでもらっている？」

小坂は足を止めて振り返った。慎介の顔をじっと見た。そして、何も言わずにまた歩き出した。

「五万円か？　十万円か？　都合のいいように、さっちゃんを使っているんだろ？」

我慢できずに有子が言った。

「あんたが、そんなんだから、幸江さんはいなくなったんだよ〜。分かんないの？都合のいいように使っていたのは、自分じゃないの？　もう、これ以上、彼女を苦しめないで。」

有子は泣き出しそうだった。高木は、そんな有子の腕を掴んで、店に入って行った。慎介は、まだ諦めきれず、ドアを叩いていた。

「これ以上、嫌がらせをすると、警察呼びますよ。」

小坂は、握りこぶしに力を入れて、静かに言った。慎介は、仕方なくその日は帰って行った。

次に日、慎介は、幸江が仕事を終えて出て来るのを、駐車場で待っていた。

「さっちゃん、久しぶり。会いたかった。豊橋を探し回ったんだよ。」

幸江は黙って慎介を見た。

「オレさ、さっちゃんがいなくなってわかったんだ。さっちゃんがいないと、オレはダメだ。また付き合おうよ。もう、浮気は絶対にしないから、約束する。」

それでも、幸江は黙っていた。

「ね、いいだろ？ オレ、さっちゃんが好きなんだよ。で、さっちゃんの今度の誕生日に、二人で旅行へ行こうと思うんだ。誕生日いつだっけ？」

「やっぱり、しんちゃん、私のお誕生日を覚えていなかったね。」

「ごめん。忘れちゃった。で、いつ？」

「七月十一日よ。」

「あ～、そうだった。思い出したよ。じゃ、まだ先だけど予約しておくね。行き先はそれまで内緒だよ。楽しみにしてて。再会を祝って、今から飲みに行こうよ。色々話そう。」

懐かしくて、幸江は慎介の誘いを断れなかった。久しぶりの慎介との時間は、楽しかった。出会った頃の二人のような、新鮮さがあった。

次の日、幸江は休みだった。朝、慎介と別れて、その足でデブンイレブンに向かった。夕べ帰らなかったことを、小坂が心配していると思ったからだ。小坂は大きな声で言った。

「お帰り。お金は引き出しておいたぞ。」

「ありがとう。」

昨日、慎介を見た時、幸江は自分の誕生日を聞きに来たのだと思った。すぐに小坂に、通帳と印鑑を渡して、お金を引き出してもらうように頼んだ。慎介の前から姿を消して、七ヶ月が経っていた。未だにお金が通帳に残っているということは、慎介が自分の誕生日を覚えていなかったということだ。だから慎介は、お金を引き出したくても、出来ずにいたのだ。

慎介は、幸江の期待を裏切らなかった。案の定、上手いことを言って、幸江から誕生日を聞き出そうとした。

「多分、お金が入っていないことがわかったら、彼、またここへ来ると思うの。もし来たら、私はもう辞めたって言ってくれる。少しの間、休んでもいいかな。あのお金で、放浪の旅に行って来る。」

「それもいいね。ゆっくり行って来ればいいさ。帰ってくるまで、荷物は預かっておくよ。」

「うん。なんかさ、迷惑かけちゃったね。ごめんね。私って、ホント男運悪いね。」

幸江は舌を出して、笑ってみせた。

その日のうちに、慎介はデブンイレブンに現れた。幸江の姿が見当たらない。

小坂が出て行くとすぐに寄って来た。

「さっちゃんは？」

「神崎さんは、もう辞めました。昨日の件があったから、居づらくなったのだと思いますよ。今朝、早くに挨拶に来ました。」

「どこへ行ったかわかりますか？」

「さあ、何も言っていなかったです。」

「そうですか・・・」

「俺が言うことじゃないかもしれないけど、信じてくれている人を裏切ったり、自分の欲求のために人を利用したりするのは、人間として一番のクズがすることだと思うよ。」

慎介は、二度も幸江を失ったことにショックを隠せなかった。何も言わず黙って立ち去って行った。

＊

その日の夜、和彦、有子、小坂、そして幸江の四人で焼肉屋へ行った。幸江が放浪の旅に出る前に、みんなで飲もうということになった。みんな、よく食べて、よく飲む。食べ放題、飲み放題は、絶対に元を取ることが出来るだろう。今日の焼肉屋は、デブンイレブンの近くにある『焼肉きんぐ』だ。メニューも豊富で、美味しい。地元でも人気の店である。三十分ほど待って、席に案内された。一番高いコースを頼んだ。美味しい肉がたくさんある。肉だけではない。スイーツもある。食べ放題で五千円だ。

有子は、酔って来るとよくしゃべる。幸江もそうだ。二人の男性陣は、もっぱら聞き役である。

「ね、『きんぐ』って、『丸源ラーメン』や、『お好み焼本舗』と同じ会社なんだよ。知ってた?」

「え～! そうなの?だから美味しいんだ。店員さんも感じいいよね。」

幸江は、美味しそうに肉を食べている有子を見て、思わず笑ってしまった。

「幸江さん、どこへ旅に行くんですか?」

「まだ考えていないけど、そろそろ紅葉《こうよう》の時期よね。信州でも行こうかなぁ。温泉もいっぱいあるしね。」

三年前に幸江が慎介に初めて会った場所だ。その時は、長野の方へ旅行に行った。

今度は、飯田の方へ行ってみようかと思った。

「いいですねぇ。私も一緒に行きたいなぁ。て言っても行けないですけどね。」

そう言って、有子は和彦の顔を見た。

「はい、はい。ごちそうさまです。」

二人は顔を見合わせて、ケラケラと笑った。楽しそうに話をしている二人を見て、
小坂は嬉しそうにしている。和彦は黙々と食べていた。

「神崎さ、帰って来たら、コンビニの店長やってくれないかな？」

「私が？」

「そう、もう一店舗出すんだよ。そこは、一階が店、二階、三階がマンションなんだよね。だから、その一室に住めばいいし。」

「小坂さん、すごいですね。二店舗目を出すなんて。」

有子がキラキラした目をして言った。

「悪い話じゃ無いですね。」

今まで黙々と食べていた和彦が、話に加わって来た。

「店長かぁ・・・」

幸江が考えていると、有子が幸江の手を握って言った。

「幸江さんなら、出来ますよ。これは、チャンスだと思います。」

「そうね、チャンスはしっかりと掴まなきゃね。ボーと生きてると、見逃しちゃうからね。」

「そうそう。ボーと生きてちゃダメ。」

幸江と有子は、また顔を見合わせてケラケラ笑った。この女性陣は、笑い上戸でもあった。

みんな、それぞれ色々な人生を歩んで来た。小坂は最愛の妻に先立たれて、寂しい思いをした。和彦は、大好きになった女にフラれて、一年くらいは立ち直れなかった。有子は信じていた夫に裏切られ続けた。幸江もそうだ。裏切られても、裏切られても好きになった以上、そう簡単には嫌いにはなれない。どこかで、自分が強くならなければ、自分が動かなければ、人生を変えることなんて出来ないのである。有子と幸江は、自分から動いた。だから、今の楽しい生活がある。

「なんか、酔っ払っちゃったね。」

有子が言った。

「そろそろ、時間かな。」

小坂は会計をするために席を立った。帰って来ると、残っていたビールを飲みながら言った。

「みんなさ、今までいろんな思いして来たよね。俺もそうだけど。辛くて死にたくなったこともあるよ。でもさ、こうやって、楽しいお酒が飲めるっていうことは、すごく幸せなことだね。生きていてよかったって思う。」

「私も、なんかそんな気がしてきた。」

幸江が言うと、有子も同じことを言った。

「私も、なんかそんな気がしてきた。」

二人は、また顔を見合わせて、ケラケラ笑った。

「気を付けて行って来てね。こころを軽くして帰って来れたらいいね。」

小坂は幸江の顔を見て言った。

「うん、ありがとう。」

「こころが軽くなったら、またいっぱいお酒が飲めるね。」

有子は可愛らしい八重歯を見せて笑った。

四人は店を出ると、タクシーを拾うために、歩道で待っていた。

「あ、幸江さん、今度こそいい男捕まえて来てね、信州旅行で。もう二度と変な男に引っかからないでね。」

有子は、幸江の過去の話をちゃんと覚えていてくれた。幸江は涙が出そうだった。しかし、グッと我慢して、ピースサインをしてみせた。有子と和彦は、一台のタクシーに乗って、帰って行った。幸江はまだ飲み足りなかったので、昔からの友達の店に行くことにした。

「私、西駅のジューロに寄ってから帰るから。たまには、翔くんの顔を見に行かないとね。色々ありがとうね。」

「あまり飲みすぎるなよ。マスターによろしく!」

小坂はそう言うと、タクシーを拾ってデブンイレブンに帰って行った。

神谷姫仔（かみやひめこ）

1965年、愛知県豊橋市生まれ。
愛知県立豊橋東高等学校卒業後、様々な職業に就き、
多種多様な資格を取得。
人間不信に陥り、精神的な病を患って6年ほど入院する。
再起不能の状態だったが、持ち前の不屈の精神で復活。
同じ悩みを持つ人のメンタルカウンセリングをしながら、
執筆活動を始める。
今回の『金欠病』が、デビュー作となる。

金欠病

2019年11月7日発行

著　　者　神谷　姫仔

発 行 所　株式会社 三恵社

〒462-0056 愛知県名古屋市北区中丸町2-24-1

TEL.052-915-5211　　FAX.052-915-5019

ISBN 978-4-86693-139-5　C0193